PÁJAROS EN LA BOCA

Samanta Schweblin

吃鸟的女孩

〔阿根廷〕萨曼塔·施维伯林 著　姚云青 译

人民文学出版社
PEOPLE'S LITERATURE PUBLISHING HOUSE

著作权合同登记　图字 01-2022-3783

Samanta Schweblin
PÁJAROS EN LA BOCA

图书在版编目(CIP)数据

吃鸟的女孩/(阿根廷)萨曼塔·施维伯林著；
姚云青译.—北京：人民文学出版社，2021(2023.6 重印)
(短经典精选)
ISBN 978-7-02-016139-3

Ⅰ.①吃…　Ⅱ.①萨…　②姚…　Ⅲ.①短篇小说-小
说集-阿根廷-现代　Ⅳ.①I783.45

中国版本图书馆 CIP 数据核字(2020)第 038828 号

总 策 划　**黄育海**
责任编辑　**朱卫净　骆玉龙　周　展**

出版发行　**人民文学出版社**
社　　址　**北京市朝内大街 166 号**
邮政编码　**100705**

印　　刷　**凸版艺彩(东莞)印刷有限公司**
经　　销　**全国新华书店等**

开　　本　**890 毫米×1240 毫米　1/32**
印　　张　**3.875**
字　　数　**77 千字**
版　　次　**2021 年 1 月北京第 1 版**
印　　次　**2023 年 6 月第 2 次印刷**

书　　号　**978-7-02-016139-3**
定　　价　**59.00 元**

如有印装质量问题，请与本社图书销售中心调换。电话：010－65233595

SHORT CLASSICS

短经典精选

目录

荒原上

要在荒原上过日子可不是一件容易的事儿：去哪里都得花上好几个小时，举目望去，四周尽是干枯的灌木丛。我们的房子离镇上还有好几公里路，不过这不打紧：房子本身很舒适，里面应有尽有。保尔每周去镇上三次，把他写的关于害虫和杀虫剂使用情况的报告交给农业杂志发表，再照着我准备的购物清单采购商品。趁他不在的这段时间，我会在家举行一些仪式，这些事情我宁可一个人悄悄地做。我想保尔不会想知道个中细节的，但是当一个人绝望到一定程度，像我们这样已经到达某种极限之后，很多事情就会变得更易于接受了：什么蜡烛呀，香火呀，还有杂志上登的其他乱七八糟的建议，在我们看来都变得有道理起来。增强生育能力的偏方数不胜数，有的看上去相当可疑，因此我只选了看起来最靠谱的几个方子，并一丝不苟地照着上面的方法执行。我用一本笔记本记录所有相关细节，以免遗漏保尔和我身上出现的每一个细微变化。

荒原上天黑得晚，因此我们执行那套方案的时间很紧。事先得把道具都准备好：手电筒、网兜什么的。在我们等待着时机到来的当口儿，保尔会先打扫一下屋子。其实刚擦完灰的地方一秒钟之内就又会被灰尘覆盖，所以打扫更像是个每日例行的仪式：在正式开始行动之前再仔细温习一遍怎样才能做得更好，回忆前几天的每一步行动，检查是否有哪部分是我们——我们两个或者其中一个——需要再改进的。

待一切准备就绪，保尔会替我披上夹克衫和围巾，我则帮他戴上手套，然后我们各自背起书包，从后门出发向荒原深处前进。夜里外面很冷，但夜风能使人心情平静。保尔走在前面，用手电筒照亮脚下的路。荒原深处绵延的山丘中有一处小小的凹地：那就是我们的目的地。这一处的灌木丛长得比较小，几乎遮不住我们的身体，保尔认为这就是我们每晚都失败的原因。但我们依然坚持天天来，因为我们觉得已经有好几次，在两人都已经精疲力竭的日出时分，我们仿佛看到了一点迹象。在那个时间点，我总是躲在灌木丛后面，紧抓着我的网，头垂到胸前陷入半瞌睡状态，在脑海中幻想着令我觉得丰沃多产的事物。保尔则仿佛化身为某种猎兽，我看着他在树丛中匍匐前进：他可以一动不动地半蹲着，许久不变一下姿势。

我经常自问，他们实际上会长成什么样儿？我们曾经讨论过好几次这个问题。我相信他们会和城里那些长得一样，只不过会更加粗壮、野蛮一些。保尔则与我相反，他相信他们会和城里来的完全不同。虽然见解不一致，但他和我一样都对此事充满执著，没有一个夜晚的寒冷或是疲劳能令他停止下一天的探索。当我们藏身于灌木丛时，他小心翼翼地匍匐前进，仿佛随时会有什么野兽冲出来攻击我们似的。

这会儿我正独自一人，透过厨房的窗子望着外面的路。这天早上，和平时一样，我们起得很晚，起床后就直接吃了午饭。之后保尔带着购物清单和他给杂志写好的文章进城去了。但在此之后又已经过了很久，远远晚于他平时回来的时间了，他依然不知所踪。最后我看到他的车回来了。他驶近小屋，从窗口冲着我打手势，叫我出来。我帮着他卸货，他招呼了一声就开始说："你不会相信的！"

"什么事？"

他笑了笑，让我先回屋。我们把购物袋提回屋子，但没有拿进厨房。这可是破天荒的第一次：终于发生了点值得一说的事儿。我们把所有的东西都堆在前厅，然后找了两把扶手椅坐下。

"好吧，"他边说边搓着双手，"我认识了一对跟我们一样的夫妻。"

"在哪儿？"

我提问纯粹只是为了让对话能够继续，但这时保尔说了句奇妙的话，一件我从没想到过的事儿。我知道这将会改变一切。

“他们也是为了同样的目的来的。”保尔说。他的双眼放光，他知道我有多么急切地想听他说下去：“而且他们有了。就在一个月前。”

“他们有了？他们有了！我不能相信……”

保尔不停地点头，同时搓着双手。

“他们请我们去吃晚饭。就今晚。”

见保尔这么高兴我很欣慰，当然我自己也很兴奋，仿佛获得成功的是我们自己。我们互相拥抱接吻，然后立刻开始为晚饭做准备。我做了甜点，保尔则选了酒，拿上了他最好的雪茄。我们洗澡更衣的时候保尔对我说了整件事情的来龙去脉。阿尔诺尔和纳薇尔住在离这儿二十公里远的地方，他们家的房子跟我们的很像。保尔已经见过了那房子，他们开车回家经过那里时，阿尔诺尔鸣笛示意他转弯，之后他看见纳薇尔指了指那房子。他们真是太棒了，保尔每隔一阵子就要重复一遍，而我不禁有些妒忌他已经知道这么多关于他们两个的情况了。

“那么他长得怎么样？你看见了吗？”

“他们留他在家里。”

“他们怎么能这样？留他孤零零一个在房子里？”

保尔耸了耸肩。我很诧异他竟然不关心这个问题，但在接下来的时间里，我依然一边做着准备工作，一边向他打听各式各样的细节。

我们仔细锁好门，摆出一副要出好一阵子远门的架势，然后穿上外套出发。一路上我都小心地把蛋糕搁在裙子上，注意别让它打翻，同时酝酿着到时候该怎么开口。我在脑中整理了所有我想问纳薇尔的问题。也许保尔请阿尔诺尔抽一支雪茄的时候，我和她会有点时间单独相处；也许纳薇尔也试过蜡烛什么的那一套，也幻想过丰沃多产的事物。既然他们成功了，想必能在这方面给我们一些更确切的指导。

我们到达时按了按喇叭，两人立即就出门来迎接我们。阿尔诺尔长得高高大大，穿一条牛仔裤和一件红格子衬衫；他用力拥抱保尔，仿佛两人已是多年不见的好友。纳薇尔从阿尔诺尔身后探出头来冲着我微笑。我相信我们会很合得来。她的身材也很高大，差不多和阿尔诺尔一样高，只不过比他瘦些。她穿得和他一样随便，我想到我俩都是正装出席，不禁不自在起来。他们家的房子看起来像是山中的一座旧式客栈。屋顶和四壁是木制的，起居室里有一根长长的烟囱，地上和安乐椅上都铺着毛毯。屋里暖洋洋的，灯火通明。这和我们家的装潢风格很不一样，不过我想着这也不错，同时对纳薇尔报以微笑。屋里飘荡着一股烤肉汁的香气。看起来阿尔诺尔是主厨：他在厨房里来回走动，收拾脏盘子，并叫纳薇尔领我们去客厅。我们坐下来，纳薇尔用托盘给我们端酒，阿尔诺尔即刻给我们斟满。我有很多问题现在就想问：他们怎么做到的，“他”长什么样儿，吃得好不好，有没有给医生看过，是不是和城里来的一样漂亮。但大家尽谈些蠢事。阿尔诺尔在问保尔关于杀虫剂的事，保尔在打听阿尔诺尔的生意，之后他们又聊起车，聊起购物的地点，结果发现他们都跟加油站里的某个家伙吵过架，并一致同意那是个讨厌鬼。这时阿尔诺尔暂时告退去准备食物了，保尔提出要帮忙，也跟着一起去了。我在椅子中调整一下姿势，转向纳薇尔。我想着在问出我想打听的问题前，得先说些客套话。我赞扬了一下她的房子，之后便直奔主题：“他漂亮吗？”

纳薇尔脸一红，微笑起来。她有些不好意思地看看我，我觉得胃里仿佛打了结，兴奋得要命。我想着“他们有了”，“他们成功了而且他很漂亮”。

“我想看看，”我说，“现在就想看。”我心里想。我挺直身子，望向走廊，等着纳薇尔说“这边走”，这样我就终于能看看他，摸摸他了。

正巧这时阿尔诺尔把食物端过来请我们用餐。

“难道他整天都在睡觉吗？”我边说边自己先笑起来，仿佛说了什么很好笑的事情。

“安娜迫不及待地想认识他了。”保尔说着，抚摸着我的头发。

阿尔诺尔笑了笑，但没有回答，只是把餐盘搁在桌子上，问我们谁要嫩一点的肉，谁要熟一点的。紧接着大家就吃起饭来。晚饭时纳薇尔的话比之前多一些了。男人们聊天时，我俩则刚发现我们的生活是多么的相似。纳薇尔向我请教种植的经验，这令我稍微鼓起一点勇气，开口问起她关于提高生育能力的偏方来。我提起这事时用的语气仿佛这是件好笑的事儿，是当个笑话来说的，但纳薇尔立即来了兴趣，结果我发现她也试用过那些偏方。

“你们也外出吗？夜间狩猎？”我笑着问，“还戴着手套？背着书包？”纳薇尔沉默了一瞬，接着也跟我一起笑起来。

“还有手电筒！”她笑得捂住肚子，“那些破电池一点用也没有！”

我笑得几乎要流泪：“还有网！保尔的网！”

“阿尔诺尔的网！”她说，“简直没法儿给你形容！”

这时两个男人之间停止了交谈。阿尔诺尔看着纳薇尔，似乎很惊讶。但她还没注意到：她笑得身体弯成两截，还用手拍了两下桌子。看上去她还想说什么，但已经笑得喘不上气了。我看得好笑，不禁又看了保尔一眼：我想告诉他，她也经历过这些事。这时纳薇尔吸进一口气，一边说话一边笑到流泪：“还有猎枪。”她又开始捶桌子：“上帝啊，阿尔诺尔！如果你没开枪的话！我们肯定能更快地……”

阿尔诺尔瞪着纳薇尔，一副要杀人的表情，但他最终还是设法装出一阵夸张的大笑。我回头看看保尔：他已经不笑了。阿尔诺尔耸耸肩，向保尔投来祈求理解的眼神。接着他做了个扛上枪，瞄准射击的姿势。纳薇尔也在学他的样儿。他们又假装互相举枪射击，这一次两人稍稍平静了点儿。最后笑声终于停了。

“哎……天呀……”阿尔诺尔说着，靠近盘子准备再拿些肉，“终于可以跟别人交流这一切了……还有人要肉吗？”

“那么，他现在在哪儿？我们想看看他。”保尔说。

“你们会看见的。”阿尔诺尔说。

“他一直在睡觉。”纳薇尔说。

“一整天都在睡。”

“那就让我们看看他睡觉的样子！”保尔说。

“啊，不，不，”阿尔诺尔说，“我们应该先解决安娜准备的甜点，然后喝杯咖啡。纳薇尔还准备了一些桌上游戏呢。你喜欢战略类游戏吗，保尔？”

“但是我们想看看他睡觉的样子！”

“不，”阿尔诺尔说，“我是说，看他睡觉没有什么意思。你们要看的话，以后有的是机会。”

保尔看了我一会儿，随后说：

“好吧。那我们先去吃甜点吧。”

我帮着纳薇尔收拾餐具，然后取出之前阿尔诺尔存放在冰箱里的蛋糕，把它放到桌上切开分盘；与此同时，纳薇尔正在厨房准备咖啡。

“请问洗手间在哪儿？”保尔问。

“啊，洗手间……”阿尔诺尔边说边朝厨房看看，可能是在找纳薇尔，“洗手间不太好用，而且……”

保尔做了个手势表示这不打紧。

“在哪儿？”

阿尔诺尔似乎不太情愿地朝走廊方向看了一眼。保尔站起身正要迈步，阿尔诺尔也站了起来。

“我陪你去。”

“不必了，没事儿的。”保尔说着走进走廊。

阿尔诺尔跟在他身后走了几步。

“在你右手边，”他说，“洗手间在右边。”

我看着保尔走进浴室。阿尔诺尔背对我，看着走廊站了好一会儿。

“阿尔诺尔，”我说，这时我第一次叫他的名字，“你要蛋糕吗？”

“当然。”他说着看了我一眼，之后又转身去看走廊。

“给你，”我说着把一盘蛋糕直推到他面前，“别担心，他可能要耽搁一会儿。”

我冲着他微笑了一下，但他没有回答。他走回桌边，坐在自己的位置上，看起来有点坐立不安，不过最终总算拿起叉子切下一大块蛋糕放进嘴里。我疑惑地看了他一眼，继续切蛋糕。纳薇尔从厨房问我们要喝什么样的咖啡。我正要回答，却看见保尔蹑手蹑脚地走出洗手间，溜进了另一间房间。阿尔诺尔正盯着我看，等着我的回答。于是我回复说随便怎样的咖啡我们都喜欢。那间房间的灯亮了，我听到一声闷响，像是什么重物砸到地毯上的声音。阿尔诺尔正要回头去看走廊，我赶紧叫住他："阿尔诺尔！"

他看看我，但已经准备站起身来了。

我又听到一声响；紧接着是保尔的尖叫；什么东西摔到地上的声音，可能是一把椅子；接着是笨重的家具移动的声音，最后是什么东西被砸碎的巨响。阿尔诺尔朝走廊奔去，边跑边取下挂在墙上的来复枪。我跳起来追在他身后。保尔从那间房间头也不回地冲了出来。阿尔诺尔直冲他扑去，但保尔的反应更快，他一把抢下了阿尔诺尔手中的来复枪，把他推到一边，然后冲着我跑过来。我还没明白过来这到底是怎么回事，就任由他拉着我的胳膊带我跑出门。我们听到身后的门慢慢关上的声音，之后又是他们试图重新把它砸开的巨响。纳薇尔在尖叫。保尔跳上汽车发动引擎，我爬上车坐在自己的位子上。我们沿原路驶离，几秒钟后，在车灯的照耀下，我们看见阿尔诺尔在后面追赶。

我们沿途有好一会儿都没说话，试图平静下来。保尔的衬衫撕破了，有一只袖子几乎整个不见了，胳膊上还有几道抓痕在渗着血。我们全力向自家方向行驶，到了家门口也没停下。我看着保尔想叫他停车，但他依然呼吸急促，双手紧握着方向盘。我看着两旁黑黝黝的田野，又看看后视镜。我们必须减速。这样下去我们可能会撞死某只正要横穿马路的野兽。这时我想到，也许其中会有那一个：属于我们的那个。但保尔依然猛踩油门，从他充满恐惧的眼神中，我看出他也想到了这种可能。

我的兄弟瓦尔特

我的兄弟瓦尔特得了抑郁症。每天晚上下班后，我和妻子都会去看他。我们买点儿吃的——他很喜欢吃炸薯条配鸡块——在晚上九点左右按响他家的门铃。他会立刻应门，问："谁啊……"我妻子回答："是我们！"他再说一声"哦……"并放我们进门。

每天都会有一堆人接二连三地打电话慰问他。他费力地接起电话，仿佛听筒足有千钧之重，然后说："喂？"

人们简直像对白痴说话那样对待他。如果问他是谁打来的，要干什么，他则一概答不上来。他对什么都不感兴趣。他心情低落，甚至不关心我们是不是在他旁边，对我们视而不见。

有几个周末，我母亲和克拉丽丝阿姨会带瓦尔特参加各种聚会：四十岁生日的庆祝会，单身告别派对，新婚宴席等等。而他就在这些场合从头到尾呆坐着。克拉丽丝阿姨说过，瓦尔特越消沉，他周围的人就越幸福。确实，必须承认，自从瓦尔特得了抑郁症以来，家里的情况就越变越好。我的妹妹与加尔多斯成婚了；在一次聚会上，我母亲认识了基多，他当时就坐在瓦尔特所坐的那张桌子旁，与一群人一起喝香槟，讲笑话。如今他俩每晚睡在一块儿。基多得了癌症，但依然精力充沛。他还是一家大型谷物公司的老板，也是克拉丽丝阿姨从小认识的旧友。我妹妹和加尔多斯在市郊买了一家农场，我们养成了去那儿过周末的习惯。每星期六一早，我妻子和我会先去瓦尔特家载他一道过来，到中午时所有人都已经聚集在农场，手里拿着葡萄酒杯，等着烤肉烧熟，阳光下遍布欢声笑语。到目前为止我们只错过了一个周末，因为那次瓦尔特得了感冒，他拒绝上车。我不得不遗憾地通知大家瓦尔特不能去了，消息通过电话迅速传开，大家商量着他不来的话还有没有必要聚会，结果到了平时加尔多斯开始烤肉的时候，所有人都说自己不去了。

如今，克拉丽丝开始和农场总管约会，于是我们家里人出门时都成双入对，当然，除了瓦尔特。在农场的烤肉架旁边有一把椅子，我们第一次带瓦尔特来这儿时他一屁股坐在那儿，从此再没挪过窝儿。我们总是尽量围绕在他身边，给他打气或者陪他做伴。我们围成一圈大笑，庆祝基多的癌症几乎痊愈，祝贺加尔多斯的农场赚了大钱，向我母亲举杯致意，单纯因为我们爱她。我妻子和我妹妹笑个不停，妙语连珠，她们讲起最近的新鲜事，能令我们全都笑出眼泪。

然而，瓦尔特依旧那么忧郁。他的脸色憔悴，且每况愈下。加尔多斯带一个他熟识的医生来农场，后者立刻就对瓦尔特的病症大感兴趣。那位医生也开始每周末来农场：他是个妙手，而且他愿意免费为瓦尔特治疗。他的妻子也会来农场跟我妹妹和我妻子聊天。此后常可以看见乡村医生、基多和加尔多斯在瓦尔特周围聊着，抽着烟，讲点蠢话逗他开心；谈话最终总会转向生意方面，基多签下了一条新的谷物生产线，将在加尔多斯的农场种植，医生则就谷物的烹饪提出健康方面的建议。我包下了生产任务，几乎整天待在农场里干活，因此当我妻子怀孕后我们也搬进农场居住，还带上了瓦尔特，他对这一变化不置一词。看到他跟我们在一起，坐在他的椅子上，知道他就在附近，令我们心生宽慰。

新品种谷物的销量一飞冲天，农场里挤满了雇工和批发商。人们都很和气。他们近乎盲目地信任我们的项目，那种乐观的情绪令我们在周末愈加意气风发，每周加尔多斯的烤肉架边围拢的人群越来越庞大，当烤肉变成金黄色时，所有人都手持酒杯，焦急地等待。如今我们的人数越来越多，瓦尔特身边几乎一分钟也不缺人陪伴，人们争先恐后地抢着坐在他身边照顾他，高高兴兴地跟他聊天，向他汇报好消息，向他展示我们有多么快乐。

公司在扩张。基多的肿瘤消失了，我的儿子也已经满两岁。当我让瓦尔特抱抱孩子时，我儿子又笑又拍手，还嚷嚷着：“我真高兴，我真开心！”克拉丽丝阿姨和农场主管结伴环游欧洲；回国后，他们与我妹妹和基多一道去了赌场，用赢回来的钱又开了一家新公司，并买下了竞争对手的生产线。新年前，公司邀请了农场附近小镇上几乎所有的居民——如今几乎全员都在为农场工作——还请了批发商、邻居和朋友来做客。晚上我们烤肉，一支乐队现场演奏着四十年代的爵士乐曲，我们随之如黑人一般奔放舞蹈。孩子们用花环点缀着桌椅。

我已经有好一阵子没陪陪我的兄弟瓦尔特了，这天我选了个相对平静的空当，问他发生了什么事。他依旧保持沉默，但自动移开了视线不看我。这会儿要问他话很困难，因为刚巧到了十二点，人们互相碰杯祝酒，燃放的烟火照亮了整个夜空。大家鼓掌爆发出一阵欢呼。这时我感觉到了：一切都看起来更模糊、更黯淡，我忍不住想知道他们怎么了，这可怕的场面到底是怎么了。

杀死一条狗

“名字。”“鼹鼠”说。我报上大名。

我在指定的地点等他，他开了一辆标致汽车来接我，这会儿这车由我驾驶。我们刚认识。他看也不看我一眼。他说他从来不正视任何人的眼睛。“年龄。”他说。“四十二。”我说。他说我年纪太大，我心想他的年龄想必还要大。他戴着小圆镜片的黑色墨镜，大概就是因为这个别人才叫他“鼹鼠”的吧。他命令我开车前往离这里最近的广场，说完便全身放松地坐在一边。

测试很容易，但能否通过考验相当重要，因此我有点紧张。如果我没把活儿干漂亮，就进不了组织，进不了组织就没有钱挣，而我想加入就是为了钱，不需要别的理由。测试的内容是在布宜诺斯艾利斯的港口用棍子打死一条狗，是为了看看你有没有胆量日后来些更狠的。“更狠的。”人们这么说的时候眼睛望向别处以作掩饰，仿佛我们这些还没加入的人不明白他们指的是什么似的，仿佛我们不知道“更狠的”就是指杀人，用棍棒打人，把人乱棍打死。

在大道的分岔路口我选了一条更幽暗的道路。一排红灯一个接一个地跳转成绿色，我在楼宇间飞快地穿行，直到眼前忽然出现一片暗绿色的空地。我还在想这块广场上可能不会有狗，“鼹鼠”已经命令我停车了。“您没带棍子。”他说。“没有。”我说。“没带棍子，您怎么能用棍棒打狗？”我看着他，没有回答。我知道他该说些什么，但我现在已经了解他了，他这个人很容易识透。他在享受这片刻的寂静，想着如何才能在开口时，吐出的每一个字都能击中我的软肋。我咽了口唾沫。他看上去好像在想：你谁都杀不了。最后他说话了：“今天我后备箱里正好有根棍子，您可以用那个。”我可以肯定他在墨镜背后的眼睛正兴奋地发亮。

中央喷泉的周围躺着一群狗。我手里紧握着棍子，等待着合适的时机，同时缓缓前进。有几条狗醒了过来。它们打着呵欠，拉长身子，互相看看，又看看我，冲我吠叫起来，在我行进的路线旁排成一列。杀死某个特定的、已经选中的对象，还要容易些。但要从一堆目标中决定哪一个应该死，则需要时间，还需要经验。是杀最老的、最漂亮的，还是最凶的呢？我得慎重地选择。我可以肯定，“鼹鼠”正从他的车里笑着打量我。他肯定以为除了他们，没有人有能力杀死什么东西。

狗群围到我周围嗅嗅，有几条厌烦地走开，又回去睡觉了，完全无视我的存在。这一幕穿过车窗的黑色玻璃和墨镜的黑色镜片，落到“鼹鼠”眼里，会显得我是多么渺小可笑啊，手里紧紧抓着一根棍子，周围围了一群狗，而且有几条现在居然又回去睡觉了。一条带斑点的白狗在对着另一条黑色的狗吠叫，黑狗咬了它一口，这时第三条狗跑过来，露出牙齿，吠叫着。第一条狗反咬黑狗一口，黑狗则露出利齿叼住对方的脖颈来回摇晃。我举起棍子，一棍子打在那条斑点狗的背脊骨上，它嗥叫了一声倒下去。这会儿周围静了下来，要把它运走也容易些。但当我去拉它的爪子时，那条狗忽然反击，一口咬住我的胳膊，我立即就流血了。我又一次举起棍子敲了它的脑袋一下。那条狗这才再一次倒下去，它躺在地上望着我，气息微弱，但不再吠叫了。

我把那条狗的爪子并拢，一开始动作很慢，之后则做得更有自信。我扛起狗的身体向车子那儿走去。从树丛中闪出一道阴影：一个醉汉探出头来。他说我这样做不对，事后狗群都会知道是谁干的，会叫那人付出代价的。“它们可是有灵性的，”他说，“它们会知道是谁干的。明白吗？”

他说完后就又回去倒在椅子上了。

我走近汽车时看见“鼹鼠”坐在那里等我，姿势跟我离开前一模一样，但我注意到标致车的后备箱已经打开了。我把那条狗像扔一个笨重的袋子般扔进去；我关后备箱时它一直看着我。

我回到车上，“鼹鼠”依然直视着前方。“如果您把它放到地上，它会站起来跑掉的。”他说。“对。”我说。“不对，”他说，“您离开前就应该先把后备箱打开。”“对。”我说。“不对，”他说，“您应该那样做的，但您没有那样做。”“对。”我说，但我立刻就对自己的回答后悔了。不过这次“鼹鼠”倒没再说什么；他把视线转到我的手上。我看看我的手，又看了看方向盘，才注意到到处都被我弄得血迹斑斑了。“您应该戴手套。”“鼹鼠”说。这会儿我的伤口开始痛起来。“您去杀狗，却没有戴手套。”“对。”我说。“不对。”他说。“我以后知道了。”我说完便不再说话。我宁愿别提伤口痛的事儿。我发动引擎，汽车缓缓驶离。

我试图集中精神，无须“鼹鼠”的指导，自己从四周的街道中找到通向港口的路。我可没有再犯一次错误的机会。也许我该找个药房去买一副手套，但药房的手套不怎么管用，而五金店此刻又都关门。尼龙袋子在这种情况下也派不上什么用场。也许我可以脱掉夹克衫，裹在手上当手套用。对。我打算就这么办事儿。我想着我说的：“办事儿。”我很高兴自己能用他们那种口气说话。我开到卡塞洛街上，我相信沿这条街往下可以开到港口。“鼹鼠”没有看我，他不动，不说话，视线直直地盯着前方，呼吸柔缓。我相信他们叫他“鼹鼠”肯定是因为他墨镜底下掩藏的那两只眼睛特别小。

我沿着卡塞洛街开过好几个街区，穿过查卡布克街，然后转向通往港口的巴西街。我猛打方向盘，车身倾向一侧。从后备箱里传出狗的身体撞击到什么东西的声音，然后是一些杂音，听起来那条狗好像还在挣扎着想要站起来。我觉得“鼹鼠”似乎也被那动物顽强的生命力所震惊了。他冷笑一下，指了指右边。我一个急刹车拐进巴西街，车身又一次倾斜，后备箱里响声大作，那条狗在试图躲避砸向它的棍子和其他乱七八糟的东西。“鼹鼠”说：“刹车。”我就刹车。他说“加速”，我笑了笑，开始加速。“再快些。”他说。我猛踩油门。然后他又说“刹车”，我又刹车。这时那条狗已经被撞得七荤八素了。“鼹鼠”这才平静下来，说：“继续开。”之后他就不再说什么了。我继续向前行驶。现在我经过的街道上已经既没有交通灯也没有斑马线，街旁的建筑也越来越老旧。我们即将到达码头。

“鼹鼠”指了指右边。他叫我再开三个街区，然后向左转，往河那边开。我照着指示做，转眼间我们已经到了码头。我在沙滩上的一处停车场停下，这里堆满了大型的集装箱。我看看“鼹鼠”，但他没有看我。我争分夺秒地走下车，打开后备箱。我没有脱下外套裹住胳膊，不过眼下也不需要手套了，反正事情已经办得差不多，我想尽早结束这一切走人。在一片空旷的码头上，只能看见远处几艘船上昏暗模糊的灯光。也许那条狗已经死了。我想那样会更好，如果我第一次下手时能重些，它现在肯定已经死了。那就省了很多事儿了，跟“鼹鼠”在一起的时间也可以短些。如果我可以自由决定的话，我会直接杀死它，但“鼹鼠”之流却要搞什么码头杀狗的名堂。这帮人简直不可理喻。把一条半死不活的狗带到码头上来杀并不能增加任何人的勇气。当着其他狗的面前把它杀掉反而要更难一些呢。

我碰了碰那条狗，当我抬起它的爪子，把它拎出车时，那条狗张开眼睛看了我一眼。我一松手，它又掉回到后备箱里。它的后腿刨着血迹斑斑的地毯，试图站起身来，身体前部在不停地发抖。它还有呼吸，尽管气息很微弱。“鼹鼠”肯定已经不耐烦了。我重新抓起那条狗，肯定有什么地方弄痛它了，因为那狗呜咽了几声，但它没有动弹。我把它放在地上，尽量拖到离汽车远一点的地方。我走回来找棍子时，“鼹鼠”下车了。他站在那条狗的旁边看着它。我握着棍子向他们走去。我可以看见“鼹鼠”的后背，在更远处的地方，躺着那条狗。如果我杀了一条狗不会有人知晓，那我若做了什么别的，也一样不会有人知道。“鼹鼠”没有回头对我发出指令。我举起棍子。就是现在。我想着。但我没有下手。“就是现在！”“鼹鼠”说。我既没有砸向“鼹鼠”的后背，也没有下手打狗。“就是现在！”他又说了一遍。这一次，棍子划过空气，砸在了那条狗头上。它倒在地上，惨叫着，抽搐了好一会儿，最后一切归于平静。

我发动了引擎。现在“鼹鼠”将会告诉我，我将为谁工作，该叫什么代号，报酬是多少：最后一条是最最重要的。“沿着乌埃尔科街开，然后到卡洛斯·加尔沃街转弯。”他说。

我开了一会儿后，“鼹鼠”说：“下一个路口停在右边。”我依言照做。这时我发现，从开始到现在第一次，“鼹鼠”正看着我。“下车。”他说。我走下车。他移过身子坐到驾驶座上。我朝着车窗口问他这是怎么回事。“没什么，”他说，“您犹豫了。”他发动引擎，标致车静静地驶远了。我回头环顾，才发现他把我丢在了一个广场上。就是我们之前来过的那个广场。在广场中央，喷泉旁边，一群狗渐渐拱起身子，向我望来。

蝴　蝶

“你马上就能看到，我家的丫头今天穿得有多漂亮，”卡尔德隆对柯利蒂说，“她那身衣服，颜色跟她杏仁样的眼睛有多衬；还有那些小缀片……”

他们跟其他孩子的父母站在一起，正焦急地等待放学。卡尔德隆滔滔不绝地说着，但柯利蒂只顾盯着眼前紧闭的大门。“你会看见的，”卡尔德隆说，“站这边，站得近一点儿，他们马上就要出来了。你家孩子怎么样？”对方做了一个痛苦的表情，龇出牙齿。“不会吧，”卡尔德隆说，“你给他讲过老鼠的故事吗……啊，不，跟我家这位来这招儿可行不通。她太聪明啦。”柯利蒂看了下手表。校门现在随时可能打开，孩子们会叫嚷着、笑着一窝蜂地冲出来，他们穿着五彩斑斓的花衣服，上面有时候还粘着颜料和巧克力酱。但不知为什么，下课铃声迟迟没有响起。家长们等待着。一只蝴蝶停到卡尔德隆的肩膀上，他一把将它捕住。那只蝴蝶挣扎着想要逃走，但他拎起蝴蝶两端的翅尖，把它们并拢到一块儿。他紧紧抓住那只蝴蝶以防它飞走。“你可以看看，如果我家姑娘看见这个，”他一手捏着不断挣扎的蝴蝶，一边对柯利蒂说，“她肯定会喜欢的。”但也许是他将蝴蝶捏得太紧了，此刻他感到蝴蝶的翅尖都黏在了他的手上。他往下移开手指一看，果然变得黏糊糊的了。那只蝴蝶还在努力挣扎，它猛一用力，一边的翅膀像纸片一样从中间裂成了两半。卡尔德隆不禁感到有些可惜，他试着固定住那只蝴蝶，看看伤势，但这下子，蝴蝶的整半片翅膀全都黏在了他的一根手指头上。柯利蒂带着一脸嫌恶的表情看着，做了个手势让卡尔德隆把蝴蝶扔掉。卡尔德隆松开手，蝴蝶跌落到地上。它笨拙地在地上扭动，试图重新飞起来，但无济于事。最后蝴蝶终于放弃了；它躺在地上，一动不动，只有一边的翅膀每隔一阵子会抽搐一下。柯利蒂建议卡尔德隆给它一个痛快的了结。为了让蝴蝶早日解脱，卡尔德隆用力地一脚踩了下去。

还没等他挪开脚，卡尔德隆忽然意识到有什么奇怪的事情发生了。他望向校门。仿佛此刻突然刮起一阵狂风，所有的门锁同时被撞开，校门忽然统统打开了，成百上千只色彩缤纷、大小各异的蝴蝶朝着等待中的家长们飞扑过来。卡尔德隆还以为他们被蝴蝶攻击了；他甚至想到了死。但其他家长似乎并不害怕，蝴蝶围绕在他们的身边盘旋飞舞。最后一只掉队的蝴蝶也飞出来，加入了它的同伴。卡尔德隆看着那些敞开的大门，透过中央大厅的彩色玻璃，凝视着里面寂静的大厅。有几个家长还聚集在门边，喊着自家孩子的名字。于是在几秒钟之内，所有的蝴蝶分别向着不同的方向飞去，那些家长则试着要捉住它们。相反，卡尔德隆一动也不动。他不敢从他刚踩死的蝴蝶身上抬起脚。他生怕，也许，在那只死去的蝴蝶的翅膀上，会看见自家女儿身上衣服的颜色。

地 下

天色已晚，而我尚有几小时的路程要赶。我需要先休息一下，喝点儿东西提提神。我不信任沿途经过的几家国营旅馆——位置荒僻，周围空无一物。我经过一家酒吧，从屋内洒出的灯光让人倍感温暖，沿街的落地窗前停着三辆车，令我对这家店增添了一丝信任感。我走进屋内，店里没有多少人：一对年轻的夫妻在吃汉堡，另有一人坐在角落里，背对着门口，还有一位老人坐在吧台边。我坐到了老人身边：当一个人长途跋涉之后，或者在太久没和人说话的情况下，就会像我现在这样积极找人做伴。我叫了杯啤酒。吧台服务生是个胖子，行动迟缓。

“五个比索一杯。”他对我说。

我付了钱，他递给我一杯酒。我想这杯啤酒都惦记好几个小时了，而且这种酒味道真不错。身边的老人只顾埋头看着酒杯，或是在看杯子里的其他什么东西，看得全神贯注。

“请这位先生喝杯酒，他就会给您讲个故事。”服务生指指老人说。

老人这才回过神看着我。他的双眼是浅灰色的，看上去视力不佳的样子，可能得了白内障或是什么类似的病；我以为他这就要开始讲故事了，至少会给点提示，但他沉默不语，像是一条瞎眼的狗，以为自己看见了什么，但懒得动弹。

“看嘛，老兄，”胖服务生说着对我挤挤眼，“就算是向一位长者敬一杯。”

我回答说好吧，没问题。老人笑了笑。我付了五比索给那服务生，在不到一分钟的时间内，老人的杯子就又满满地斟上了酒。他喝了几口，向我转过身。我这才想到他一定已经把这故事讲过无数遍了，顿时开始后悔自己坐在他身边的决定。

“这故事发生在内陆，”他说着，指了指杯沿，又或是在指向我所看不见的某处想象中的地平线，“深入腹地，更确切地说，是在一片荒郊野岭中。在那里曾经有一个小镇，一个矿村。明白吗？那是一个很小的镇子，当时其采矿业刚刚起步，但照样有广场，有教堂，通向矿区的道路上铺了沥青。当地的矿工都是年轻人。他们带着妻子过来定居此处，几年后镇上就有了很多孩子。您明白吗？”

我点点头。我瞥了一眼胖服务生：他想必早已熟知这个故事，这时正在吧台的另一边整理杯子。

“当时，孩子们都还太小，还不能下矿工作。他们整日在街上跑来跑去，玩耍嬉戏。有一天，其中一个孩子在一片空地上发现了一件怪事：地面上有一处隆起，看起来像个肿包。那不是什么大不了的事，没人会对此产生兴趣，但对孩子们来说就不一样了。发现那块土包的孩子们把它团团围住，其中一个孩子跪下来，开始用手扒土。其余的孩子也开始学样。很快，他们又找来一些能用来挖土的工具和玩具水桶，开始用它们挖洞。下午，更多的孩子加入了。新来的孩子什么也没问就加入了挖掘工作，好像提前得知了事情的来龙去脉。最先开始挖洞的那批孩子很快就累得干不动了，便将手头的活儿交给新来的人。但是他们并没有离开，而是待在那里看着工程推进，寸步不离。第二天，孩子们来会合的时候准备得更充分了：他们带了桶、厨房用的汤勺、花盆里的铁铲，肯定都是问父母讨来的挖掘工具。地面上的洞很快发展成了一口井。五六个孩子爬下去：洞口几乎盖过了他们的头顶。孩子们用桶舀土，挖出的泥土渐渐堆积成一座小山，而且越堆越大。您明白吗？”

我点点头，利用这空当儿叫胖服务生再拿一杯啤酒来，并为老人也加点了一杯。他接受了，但由于被中途打断，他不是很高兴。他不再说话，直到胖服务生又拿了两杯啤酒放在我们面前，他才肯把这个故事讲下去。

“孩子们对挖洞的工程越来越感兴趣，什么事都不能让他们分心。他们每天不是挖洞，就是互相讨论这件事，而当他们和大人在一起时，则一致地保持沉默。他们乖乖听从大人的吩咐，但总是心不在焉，问他们什么都只回答‘好’、‘不好’或者‘随便’。孩子们继续挖掘。如今他们干起活来越来越有组织了，还执行轮班制，每一班的轮值时间也在缩短。现在那口井已经挖得很深了，得用绳子把提桶吊上来。每天下午，在日落之前，他们齐心协力把所有人拉出那个深坑，然后用木板把井口盖上。有些家长觉得这个掘井的游戏很不错，因为所有的孩子都可以一起玩，他们认为这是件好事。有些家长则觉得无所谓。肯定还有一些家长压根儿不知道有这样一回事。我相信，也许有些家长曾出于好奇，哪天晚上趁孩子们睡觉的时候跑去那边看过，有可能他们甚至挪开过洞口的盖板。但是在夜晚，在一口孩子们挖出的空空如也的井下，他们能看出些什么呢？想必什么也找不到吧。他们一定会想，这不过是个游戏罢了。直到灾难发生前的那一天，所有的家长想必都没把这件事放在心上。”

老人再次沉默下来，将视线转回酒杯中。我继续等着。我不知道故事至此有没有结束。我想说点儿什么，但又觉得说什么都不合适。我寻找胖服务生，他在招呼另一桌的那对夫妻，他们正准备出门。于是我打开钱包，数出五个比索，放在我和老人之间。老人一把抓起钱放进自己的口袋。

“就在那天晚上，家长们失去了他们的孩子。天色渐晚，平时这个时候，孩子们都已经回到家里了，但那天到处不见踪影。家长们出门寻找，却发现别家的大人也在忧心忡忡地寻找自己的孩子。到最后几乎所有人都出门了，人们这才开始意识到也许有什么可怕的事儿发生了。每家每户的父母都在寻找自己的孩子。他们有的去了学校，有的去了孩子们之前玩过的房子，有的去了矿区，他们四处张望，甚至检查了孩子们凭自己的能力根本到不了的地方。人们找了好几个小时，却都一无所获。我想，所有的家长都曾胡思乱想过自己的孩子会不会出事。小孩可能会在爬墙的时候摔下来，一下子就把脑袋摔开花。也有可能游泳时溺死在池塘里。或者是喉咙被一粒果仁、一颗石子，或者随便别的什么东西噎住窒息。但所有的孩子都一下子从这地球上消失——这怎么可能呢？父母们在互相争吵，互相扭打。有人想到也许那口井附近会留有什么线索，于是人们纷纷向那里拥去。他们掀开井盖，接着面面相觑；所有人可能都迷惑了，不明白发生了什么情况：盖子底下没有井。那些木板盖在一块地面的凸起处，就像翻动泥土后留下的土包，或是埋葬死者的坟头。人们想到可能是井崩塌了，或者孩子们又把洞填上了：可是，之前挖出的泥土还堆在那儿，从这里可以看见那边的那座小丘。大人们开始抢起铲子挖土，就像孩子们之前干的那样。一位母亲绝望地叫起来：

“‘住手，拜托！慢点儿，慢点儿……’她嚷嚷着，‘你们要撞破孩子们的脑袋了！’好几个人齐声安慰才使她平静下来。

“一开始，人们挖得小心翼翼，而后掘土的动作变得越来越粗暴。但地底下挖出的除了土还是土。有些家长最终泄气了，他们接连离开，依然满心疑惑。另一些人坚持到第二天夜里，他们挖掘时已经完全没有忌惮，疯狂地一直挖到精疲力竭。最终，所有人都放弃了，他们孤零零地回到各自的家中，看起来前所未有的形单影只。

“政府官员带了一批掘井专家来到镇上，他们叫大家把发生的情况讲了一遍又一遍。

“‘可是，你们说的那口井到底在哪儿？’工程主管问镇上的人。

“‘在那儿，就是那里。’

“‘可是，这个洞不是你们自己挖的吗？’

“官员们在镇上四处检查了一番，查看了几个地方，之后就离开了。他们从此再也没有回来过。此后，疯狂渐渐蔓延。据说有一天夜里，一位母亲在家中听到异响。声音来自地下，仿佛有一只老鼠或是鼹鼠在抓挠家里的地板。她的丈夫看见她翻箱倒柜，掀起地毯，一边叫唤着儿子的名字，一边用拳头猛捶地面。之后又有几对父母也听到同样的响动。他们把家具推到墙边，用手掀起木制地板，有些人甚至用锤子砸开地下室的墙壁，在庭院里掘洞，将池塘掏干。地面上变得坑坑洼洼，到处是洞。人们将食物、衣服、玩具之类的东西丢进洞里，再将洞口盖上。垃圾不再掩埋在地下。墓地里仅有的几具尸体也被挖了出来。据说有些父母至今仍在那片旷野中没日没夜地挖掘，直到疲劳或疯狂最终令他们倒下为止。”

老人重新望向他的空杯子，我立即又递上五比索。但这一次他拒绝接受：故事已经讲完了。

“我们走吗？”他问我。我感觉这是他第一次直接对我说话。仅此而已，我付钱，他讲故事，如今交易完成，仿佛这整件事不过如此。这会儿老人才首次用他朦胧的灰眼睛向我看来。

我说好的。我向胖服务生招手致意，他从水槽那儿朝我们点点头。之后我和老人一道出门。出来之后我才又一次感觉到外面有多冷。我问老人要不要载他一程。

“不用了，谢谢。”他说。

“来支烟？”

他停下脚步。我取出香烟递给他，然后从大衣口袋里找出打火机。火光照亮了他的双手。老人的手黑黝黝的，皱纹密布，僵直得像两根木棍。他的指甲看起来简直像是原始人。他将打火机还给我，然后朝旷野方向走去。我迷惑不解地看着他走远。

“可是您这是要去哪儿？”我问，“真的不用我搭您一程吗？”

他停下脚步。

“您住在那儿？”

“是工作，”他说，“我在那儿工作。”他指指旷野深处。

“什么工作？”

他犹豫了几秒钟，看着那片土地。之后他回答：

“我们是矿工。”

忽然间，我连寒冷也感觉不到了。我又待了一会儿，看着他走远，盯着他想找出什么具有提示性的细节。直到他的背影完全消失在夜色中，我才回到车上。我打开收音机，加足马力全速离开。

最后一轮

胡利娅坐在另一匹马上冲着我微笑。木马上升时，阳光照耀在她的头发上；木马下降时，她紧紧抓住扶手，向后仰起身子，同时视线依然不离我左右。我们是漂亮的印第安人。我们策马奔驰，不停地前进，躲过可怕的威胁，救动物于危难之中。如果情况对我们不利，如果我们需要增强能量，我们就敲一敲红宝石戒指，一股神奇的超能力就会充盈我们全身。胡利娅朝我伸出手，我握住她的手指，我们好不容易才紧紧牵住双手。她问我爱不爱她。我说爱的。她问我，我们会不会有一座城堡，一座很大的城堡，印第安人是不是都应该住那种城堡。我回答说是的，毫无疑问，漂亮的印第安人就该住大城堡。妈妈和其他人一块儿坐在长椅上等着我们。我朝那边望去，但没有找到她。我抱住身下木马金色的鬃毛。胡利娅也学我的样儿。我们等着向妈妈打招呼。但旋转木马转了一圈又一圈，我们始终没有看到妈妈的踪影。有两兄弟坐在一张长凳上看着我们。那儿还有些其他人，孩子们由他们的父母陪伴着，在售票处排起长队。我们又转了一圈，两兄弟中较小的那个指着我们。还有一个老太太坐在他们身边，也在朝我们看。她披着一条银白色的披巾，头发花白，肤色黯淡；她看起来很疲倦。“妈妈在哪儿？”胡利娅问。我张望着寻找。今天管钥匙的售票员不是平时那个。旋转木马停下了，我们得下去了。那兄弟俩从长凳上站起来，朝我们的木马走来。这儿有那么多匹旋转木马，他们就偏偏想要我们的这两匹，我们只好让给他们。胡利娅抱着她那匹马，望着其他孩子走上来。“我们得下来了。”我说。“但我想要我们的马！”她说，“红宝石呢？我们敲敲魔力宝石吧！”她边说边向我伸出手。我想拉住她，但那两兄弟已经过来了，而且没找到妈妈也让我有点担心。那个哥哥走过来，朝我的木马的嘴部拍了两下。他弟弟也对胡利娅做了个手势叫她下来。胡利娅鼓起腮，脸涨得通红，看起来好像要哭了。我抚了抚我身下那匹木马的马背：又硬又烫。我还没完全爬下来，那个小男孩就已经用力抓着马鞍爬上了马。他拍了拍那匹马，仿佛那是他的一匹战马，接着挺起身咆哮了一声。旋转木马又转动起来，这时我发现胡利娅已经不在她那匹马上了。她也不在我身边。我必须下去了，但我哪儿都找不到她，也找不到妈妈。那两兄弟的祖母朝我走过来，向我伸出手想拉我一把，帮我跳出去。但她的手令我看了就害怕。我握住那几根手指。那只手冰冷冰冷的，干瘦得我都能摸到下面的骨头。旋转木马继续转啊转。我往外一跳，结果我们两人同时摔倒在地。我试着想要站起身，却没有成功。发生什么事儿了。我感到浑身上下一阵刺骨的疼痛，仿佛有什么东西在挤压着我。这感觉难以形容。我的手脚不听使唤，颤颤巍巍的，仿佛不能承受我身体的重量。我感到浑身发冷，几乎没法重新朝旋转木马的方向转过身去。这时，两兄弟的身影从右边出现了。他们骑在各自的“战马”上，身体挺得笔直，像是两个士兵。当哥哥看见我后他惊恐地指着我，然后立即从木马上跳了下来。有几个家长也围过来，帮我支起身。几个人扶着我坐到一条长凳上。两兄弟中的哥哥抚着我的头发，用一块披肩裹住我的肩膀；他的弟弟坐在旁边惊慌地看着我。我看见了我的戒指。那块红宝石在我枯瘦黯淡的皮肤上闪耀。我顿时呆住了。我双手扶住骨头凸起的膝盖，盯着那些空空的旋转木马移动。上，下，上，下。在这之后，是将我与城堡永远隔绝开来的、无尽的草原。

以头撞地

如果你按住别人的头使劲往地上撞——哪怕只是为了让那人像话一点儿——你都很有可能会为此后悔。这话妈妈一早就对我说过了，就在我按住弗雷多的头往地上撞的那天之后。先声明一下，我可不是暴力分子。我只做必须做的事，我没有朋友，也没有敌人。课间休息的时候，我也只是一个人待在教室里，远离操场上的喧嚣，静静地等待下一节课开始。我休息的时候会画画儿。这能够打发时间，将我与周围世界隔绝开来。我画紧闭的盒子，画拼图形状的鱼，鱼身的各个部分错位开来，但能构成一个整体。

弗雷多是足球队的队长，他对别人常常是想干啥就干啥。比如这次塞西莉亚的叔叔死了，他还要跟她说是他把她叔叔干掉的之类的话。这样做很讨人嫌，不过我也不想去管别人的事儿。

有一天课间休息时，弗雷多跑进教室，一把从我手上夺过我正在涂涂画画的笔记本，然后就跑了。我追着他跑到操场。我在本子上画的是两条鱼的拼图，每条鱼各占一个盒子，两个盒子互相嵌套在一块儿。这个盒子套盒子的创意是我从妈妈很喜欢的一个画家那儿学来的，所有的老师看了都很喜欢，他们说这里头有一种“诗意”。弗雷多就在操场上把那幅画撕成了两半，然后再撕成四片，然后再撕，再撕。与此同时，一群人围在他身旁边看边笑。他把画撕成了碎到不能再撕的碎纸片，最后把所有的碎片往空中一抛。我首先感觉到的是一阵伤感。我不是说我每次发生什么事情都会想想我是什么感觉，其实我平时可能还是比较迟钝的，跟周围环境也有些脱节。但那之后我的身体就紧绷起来，我握紧拳头，感到怒火攻心。我朝弗雷多扑过去，抓住他的头发，开始按着他的头往地上砸。一个女教师尖叫起来，另一个老师跑来把我俩扯开。但在此之后并没发生什么大不了的事儿。妈妈事后说我这样有可能会令弗雷多受重伤的，但她训完话也就算了。

在初中时我又砸开了一个人的脑袋。我当时还在继续画画，如今没有人敢碰我的画了，因为大家都知道我是黑白分明的，而且对坏事痛恨至极。不管怎么说，跟弗雷多打架的事儿令我在班里赢得了某种尊敬，此后谁也不敢找我麻烦了。但是那年班上来了个自以为是的新生，他正好前一天听说了塞西莉亚不喜欢他。如今我不再整天整天地待在教室里了，于是这家伙就趁我不在的时候往塞西莉亚的文具盒里挤红色颜料。之后塞西莉亚在文具盒里找笔时，把手上和衣服上都染得到处是红色。与此同时，那个男孩就从他的座位那里大喊："塞西莉亚是个婊子！塞西莉亚是人人都能上的婊子！"我并不喜欢塞西莉亚，但我还是揪着那男生的头往地上撞，直撞到他开始流血。老师叫了别人帮忙才把我们分开。几个老师抓住我们，以免我们再扭打成一团，与此同时我问那家伙他脑中的糨糊有没有清理出来一点儿。我觉得这俏皮话说得很妙，但没有人笑。我被记了警告处分，还罚了两天禁闭。妈妈对我发了通火，但我听到她在电话里说："我的儿子只是缺乏耐心罢了。他唯一想做的只是保护那个可怜的女孩儿。"

从此以后塞西莉亚就想方设法要来和我套近乎，把我烦得不行。她坐到离我最近的位子上，每隔一会儿就要回头看看我。有几次她还会冲我微笑，对我挥手。她给我写表达友谊和爱情的信，还把那些信藏在我的私人物品里面。我继续埋头作画。妈妈给我报了学校的美术班，每周五上课。老师叫我们买 A3 纸，尺寸几乎有我平时用的画纸的三倍大。我还买了颜料和画笔。老师拿我的画当范本给班里同学看，解释为什么我"是个天才"。"看看人家是怎么画的。""每一笔想表达的是什么？"在美术课上，我学着用 3D 效果描绘我的迷宫的每一处尽头，用擦笔加深阴影，"与水平线对应的背景效果能增强抽象感"。我在最好的画作上面喷上保护膜，防止"强烈的色彩感"变淡。

对我来说，画画高于一切。我也有其他爱好，比如看电视、偷懒无所事事、睡觉。但画画是我的最爱。三年级的时候，学校组织了一场美术比赛，优胜作品将会挂在学校礼堂展出。大赛的评委包括美术课老师、校长和他的秘书。三人一致认可我的画作是“最优秀的”，之后那幅画就被挂到了学校入口处的礼堂里。此后塞西莉亚就开始到处宣扬我很久以前就爱上她了。她说她就代表我画中的那条红色的鱼，我则是那条蓝色的鱼的化身。她说两条鱼相互嵌套契合的拼图正是我俩的写照：我们就是这样的相互结合，彼此为伴。有一天课间休息时，我发现礼堂里挂的画上被涂写了我和她的名字，我的名字写在一条鱼身上，塞西莉亚的名字在另一条上。我回到教室，看到黑板上画了个大大的被箭头穿过的红心，上面写着我们俩的名字。黑板上的字和画上的笔迹是同一个人的。没人敢当面笑出来，但所有人都看到了，所有人都在面面相觑。塞西莉亚红着脸冲着我微笑，同时还在笔记本上继续画着她那愚蠢的红心。我感到我又产生了一种想要打碎她脑袋的冲动，一股与我和弗雷多、和初中那个新生打架时相似的怒气冲上了我的脑袋。我发现在发火之前，我就可以预见一个脑袋被砸开的场景。我仿佛能看见我揪着塞西莉亚的头皮，一次次地把她的头往凹凸不平的地面上撞，我已经能想象被砸开洞的脑袋，想象头发上沾住的黏稠的血迹。我已经感到自己的身体要向她扑过去了，不过我在下一秒控制住了自己。整个过程像是一个闪回镜头。于是我知道我该做什么了。我跑到二楼的美术教室，有几个孩子跟在我身后，塞西莉亚也跟了过来。我打开门，从柜子里取出画笔颜料，然后把我幻想中的镜头画了出来。我的第一幅艺术创作。我细致地描摹了塞西莉亚惊恐的双眼，额头上一滴滴冒出的冷汗，她眼前的粗糙不平的地面，我的手指紧紧揪住她的头皮。之后，鲜血四溅。

如果你要问我在学校里学会了什么的话，我只能回答画画。除此之外的东西我都是学完即忘，一点印象都没留下。我中学毕业后就没再继续读书。我画头在地面上被撞碎的场面，有客户会为了买这样的画付我一大笔钱。我住在市中心的一套工作室里。房子的楼上是卧室和洗手间，楼下是厨房，其余的所有空间都被我用作画室。有些富人会向我定制他们自己的头被砸开的画。他们喜欢那种大大的、方方正正的画，因此我得画到两米乘两米那么大。我可以随便报价，多少钱他们都会一口答应。之后我会看到他们把我的画挂在他们家的大客厅里，我总会为其完美而赞叹不已。我想这些人大概很乐意看到自己的头被我的手按着往地上撞的场景，每当有客人在画像前驻足并沉默地点头时，他们看起来似乎都扬扬得意。

我不喜欢找女人。之前我跟几个女孩儿约会过，但从来都不顺利。姑娘们迟早会要求我花更多时间陪她们，要不就是叫我表达一些我从来没有过的感受。有一次我试着实话实说，结果更糟糕了。

还有一次，我跟一个女孩约会了六次左右，她就认定自己算是我的女朋友了。我什么也没说过，她就忽然变得歇斯底里。她一口咬定我不会爱她，我永远也不会爱上她，她还要求我抓住她的头发，按住她的脑袋往墙上撞，与此同时她像个发情的母兽一样尖叫："你杀了我吧！你杀了我吧！"我想，这可算不上是健康的男女关系。

我的经纪人，也就是把我的画弄进画廊去展览、并帮我给每幅作品定价的人，说女人对我不合适。他说男性的能量更强大，因为男人不会分心，而且思维更单线化。所谓单线化是指男人一次只思考一件事儿，而且永远不会把自己在想什么都说出来。他说女人一开始不错，"曾经的美好时光"，结局也是好的，"当你看到你父亲躺在你母亲的怀里告别世界，你也会想要有个这样的晚年"。但整个的中间过程"简直是地狱"。他说我现在应该仅仅专注于我目前能做的事儿。我的经纪人又矮又秃，时时刻刻都在吸鼻子。他叫阿尼瓦尔，以前也是个画家，不过对这段经历他从不愿意多提。我单独一个人住，他帮忙说服我妈妈别老来打扰我。他经常会在中午过来给我送饭，顺便看一下我的工作进度。他常常站在那些画像前，双手插在牛仔裤口袋里，重复他那些老一套的台词。"再红一点，我要更加鲜艳的红色"，或者"再大一点，让人从拐角处就能看见"。临走前他总会再来上一句："您真是个天才。一——个——

天——才。”这话他总要重复说上两遍。当我因为疲劳或者沮丧而情绪低落的时候，我也会看着浴室镜子中的自己，手指插在牛仔裤口袋里，对自己念叨：“你是个天才。一——个——天——才。”有的时候，这招还真管用。

我上颚右边最里面的两颗臼齿蛀了洞，好一阵子以来我吃什么都会嵌进去。龋齿痛得我忍无可忍。阿尼瓦尔说我不能随随便便找个牙医看病，因为牙医是仅次于女人的第二糟糕的生物。他给了我一张名片：“这个牙医是韩国人，不过他非常棒。”他帮我预约了当天下午的门诊。

牙医宋约翰看起来很年轻，我猜他和我差不多大，不过韩国人的年龄不好判断。他给我打了麻醉剂，在两颗蛀牙上面钻孔，又注入一种药膏把那个洞填上。他带着微笑工作，我从头到尾都没感觉到痛。我挺喜欢他的，所以我就告诉了他我专职画把人的头往地上撞的场景。宋约翰做了个手势要求安静，有好一阵子，他看似陷入了想象中。最后他说：“这正是我在找的东西！”他请我去一家正宗的韩国餐馆共进晚餐。就是说，不是打发游客的那种韩餐馆，而是一个低调的小馆子，外面看来就只有不起眼的一扇小门，但一推门进去，你就会一脚跨入一个韩国的小天地。饭店里摆的是那种大圆桌，即使客人只有两位；菜单是用韩语写的，所有的服务员和食客也全都是韩国人。宋约翰替我点了一道韩国特色菜，并详细指导服务员该怎么准备。宋约翰说，他要找个人替他画一幅巨作，用来挂在他的门诊大厅里。他说“最重要的是牙齿”，我觉得这点子挺不错。他提议由我来作画，作为报酬，我剩下的牙齿的修补工作也由他全包了。他向我解释他为何想要这样一幅画，这会如何影响他的客人，在他们的文化中这样的一幅画会产生如何巨大的广告价值。他真是能说，从头到尾都在滔滔不绝，而我则愉快地听着。饭后，宋约翰介绍我认识了一群韩国人，我们和他们一道喝了咖啡。他们之间的对话我一个字也听不懂，但在这短暂的休息时间里我意识到自己有多么高兴。我成了牙医的朋友了。交朋友真是件好事儿。

我连续多日投身于约翰委托的工作中，直到终于有一天，我从画室的睡椅上醒过来，望着我的作品，忽然感到一阵深沉的感动。约翰的友谊成就我完成了我最好的作品。我打电话到诊所，约翰听说委托已经完成的消息非常高兴，我能觉察到他有多激动：他兴奋时说话的语速会变得特别快，有时候字句间还会夹带韩国话。他说他会过来吃饭。这还是第一次有人上门来拜访我。我整理了一下我的画，注意让它们呈现出最佳的视角；我把扔了一地的衣服收进房间，把脏的杯盘藏进厨房。我从冰箱里找了点吃的出来，把它们盛在托盘里。约翰一到我家就四处找那幅画，但是时机还未到。他尊重我的决定——韩国人都是很礼貌的，至少约翰是这么宣称的。我们坐下来开始就餐。我问他要不要盐，要不要来点儿热菜，要不要再来点儿汽水。但他说一切都很好。我想以后也许可以请他晚上过来看个电影什么的，或者来随便聊聊，我们可以照张合影，以后好摆在什么地方，人们一般都会有一张这样的家庭合影摆在屋子里。但我暂时什么都没说。约翰边吃边讲话。他可以同时干这两件事，不过我一点也不觉得这有什么不文雅，这样做显得很亲切，是朋友之间才有的亲密气氛。我们不知怎么谈起了韩国的小孩，谈起韩国的教育问题来了。韩国孩子每天早上六点就去上学了，一直要到第二天的十二点才能回家，也就是说他们要在学校里待上整整一天半，接下来他们只有五个钟头的时间回家小睡一会儿，然后又要去学校。他说这类事情令韩国人如何比起世界上其他地方的人更显得“出类拔萃”。我不喜欢他这种说法，但我想即便是朋友之间也是有分歧的。我想，尽管我不喜欢他这些观点，但总体来说我们还算相处得不错。于是我冲他微笑了一下。“我想让你看看那幅画。”我说。我们走到客厅的正中央。我后退了两步，留出合适的距离，在我觉得最合适的时机一把扯下遮住画框的幕布。

约翰的手又小又细腻，像是女人的手，当他解释自己的想法时这两只手总会挥舞个不停。但此刻他的双臂下垂，两手一动也不动。我问他怎么了。他回答说这幅画的重点本应该在牙齿上。他想要的是一幅挂在候诊室里的巨幅画像：一颗牙齿的特写。他重复了好几遍。我们一起看着这幅画：画上是一个韩国人的脸砸在候诊室黑白相间的瓷砖上，砸得皮开肉绽。那候诊室几乎就是约翰的诊所的翻版。这幅画里没有我的手在按着韩国人的头往地上撞，他是自己摔倒的，头撞在一块地砖上。韩国人的一颗牙齿承受着他摔下来时全部的重量，牙上被砸出一道垂直的豁口，眼看就要裂成两半。我不明白约翰对这幅画有什么不满意的地方：画作本身是完美无缺的。我意识到自己绝不能容忍对这幅画作任何改动。于是约翰说，事情反正已经这样了，之后他就又谈起教育问题来。他说我们阿根廷人都是懒汉，说我们不喜欢工作，我们的国家就是个懒人国。他说这一点永远都不会改变，我们就是这么的不可救药。说完他就走了。

约翰的言论令我很恼火。他说的阿根廷人中也包括我妈妈，也包括阿尼瓦尔，而他们可都是辛勤工作的人。我不喜欢人们这么随意评价他们根本就不了解的事情。但约翰是我的朋友。而且我已经学会了控制住自己的脾气并对此深感骄傲。第二天我就给约翰写了封信，告诉他我愿意按照他的要求对我的画进行修改。我向他强调，尽管我们对这幅画的美学意义可能有不同的见解，但我可以理解他也许需要这幅画具有更强的广告效应。我等了好几天，但约翰没有回信。于是我又写了一封信。我想上次我可能在哪里冒犯了他，于是我请求他告诉我如果我不小心得罪了他，到底具体是因为什么事，否则我都不知道该如何请求原谅。但约翰又没有回信。妈妈打电话给阿尼瓦尔，向他解释说发生这一切都是因为我很“敏感”，而且我还没有准备好接受失败。但这事儿和失败没有任何关系。我又等了几天，依然杳无音信，于是我决定打电话到约翰的诊所。他的秘书接的电话。“您好，先生。”“不，先生，医生不在。”“不，先生，医生不能回您的电话。”我问她为什么，到底发生了什么，约翰为什么要这样对我，约翰为什么不愿意见我。秘书沉默了几秒，随后回答说：“医生这几天休假了，先生。”接着就把我的电话挂了。

这一个周末我画了六幅韩国人的头在地上撞得四分五裂的画面，阿尼瓦尔对这些作品非常满意，但我觉得怒火中烧，还时不时感到一阵伤感。几天后我又打了电话。这次接电话的女人说的话我一个字都听不懂，肯定是韩国话。我说我要找约翰，我重复了好几遍“约翰”这个名字。那女人又说了一堆我听不懂的话，说得又短又快。我又重复了一遍我的话。接着换了个男人来听电话，也是个韩国人，但不是约翰。他说的话我同样一个字也听不懂。

于是我做了一个重要的决定。我用床单把那幅画包裹起来，尽力拖着它出门。我等了好久才等到一部接送机场客人的出租车，只有这种车的后座足够大，能放得下我的画。我向司机报了约翰家的地址。他家在一个韩国人社区，离我家之间隔了有近五十个街区。

那一带满街都是韩国人，到处张贴着韩文海报。司机问我地址到底对不对，需不需要他在门口等我。我对他说不必了，付了钱，他帮我把画从车上搬下来。约翰住在一套大大的老房子里。我把画倚着入口处的栅栏摆放，按响门铃等待应答。有许多事情会令我紧张。发生我不能理解的事情是最令我紧张的情况之一；等待也好不到哪里去。但我还是等着。我想这是一个人为了朋友应该做的。我前几天跟妈妈聊过，她说我与约翰的友谊之间有“文化代沟”，这就令事情变得更复杂了。我告诉她我和约翰能够携手消弭文化代沟的。我只是需要他给我解释清楚，他到底是为什么在生气。尽管如此，我还是就这个文化的问题想了很久，并决定把文化代沟也列入会令我紧张的事情之一。

起居室的窗帘拉开了。此刻正有人在窗后窥探。我在电话里听到过的那个女人的声音对着门口的通话机说了声“你好”。我说：“是我，之前打电话来过的人。”我说我想和约翰谈谈。“约翰，不在，”那女人说，“不在。”她又用韩语咕哝了几句，通话机发出一阵噪响，接着一切又归于平静。我又按了下门铃。再按。再按。我听到门闩打开的声音，接着一个比约翰大一点的韩国人探出头来，看了看我说：“约翰，不。”他说话时皱着眉头，满脸怒意，但没有直视我的眼睛。接着他又把门关上了。我感到很不舒服。我觉得自己情绪恶劣，像是又回到了过去的那些场景。我又按下门铃。我一遍又一遍地叫着“约翰”。一个韩国人正穿过前门的走廊。他停下来看了看我。我再次对着通话机大叫。我只是想找约翰谈谈。我又喊了一遍他的名字。因为约翰是我的朋友。因为我们不应该受到文化代沟的影响。因为我们两个，约翰和我，我们应该是好哥们儿。因为这样才算得上是朋友。门铃响了一遍又一遍。我按得太用力，金属的按铃都嵌进我的手指里了。门口的那个韩国人用他们的语言说了些什么。我不明白他在说什么，看上去他好像在向我解释什么事儿。我又一次全力大叫“约翰，约翰”，仿佛他身上发生了什么恐怖的事儿。那个韩国人走过来，他做了个手势，好像是想叫我平静下来。我松开门铃，好换一个指头，同时我还在继续呼唤约翰的名字。我听到另一户人家拉下百叶窗的声音。我觉得我要缺氧了。我觉得我缺少了什么。就在这时，那个韩国人抓住我的肩膀。他的手指搭在我的衬衫上。一阵巨大的痛苦：文化代沟。我开始全身发热，我感到自己即将失控，接着，就像之前的几次一样，我什么也不知道了。但这次和以前不一样，专注地看看什么地方转移注意力这招也行不通了。我猛地转身，一拳砸向我那幅画，把它砸倒在地。我一把揪住那个韩国人的头发。一个瘦瘦小小的韩国人，好管闲事的家伙。一个混账的韩国人，十五年来每天早上五点起床，一天花十八个小时来加深我们之间的文化代沟。我用力抓着他的头发，手指甲几乎嵌入掌心。这是第三次我把别人的头在地上撞开了花。

当有人问我，把一个韩国人的头在我的画作背面砸开是否有什么美学上的意义，我就翻翻白眼，想啥做啥。这一招是我从在电视上接受过采访的其他艺术家那儿学来的。不是说我不理解这样的问题；只不过这些采访对我来说完全无关紧要。我被官司缠身，因为我分不清韩国人、日本人、中国人，我只要看到他们中的随便哪一个都要揪住他们的头发，按住他们的头往地上撞。阿尼瓦尔帮我找了个好律师，他给我找了个借口说我有精神病，我是个疯子，这样被告上法庭时情况会好很多。人们说我是个种族主义者，一个大恶人，但我的画卖出了几百万的高价。而我开始思索妈妈常说的话。她说这个世界严重缺乏爱，而且，不管怎么说，对敏感的人来说，如今真不是一个好时代。

吃鸟的女孩

西尔维娅把车停到家门口，没有关上车灯。我一动不动，幻想着有没有可能不去应铃，但门铃声响彻全屋，我只好关了电视去开门。

“西尔维娅。”我说。

“你好，”她说着，在我发话之前挤进屋里，“马丁，我们得谈谈。”她指指我的座椅，我顺从地走过去。有时候，当她像四年前那样找上门来时，我依旧表现得像个白痴。她想必也有这种感觉。

“你不会想听到的，这很……很严重，”她说着看看手表，“是关于萨拉的事。”

“总是和萨拉有关。”我说。

“你的女儿有严重的问题。你会说我夸大其词，说我疯了，诸如此类的，但我们现在没时间讨论这个。你现在就到我家去，亲眼看一看。我对萨拉说过了你会来。她在等你。”

“出什么事了？”

“只需要不到二十分钟的时间。之后我不想再听你说什么你跟她合不来之类的废话。”

我们共同沉默了一会儿。我思考着下一步该怎么办，直到她拧起眉毛，站起来往门口走。我拿起外套跟在她身后。

西尔维娅家的房子从外面看起来一如既往，草坪刚刚修剪过，杜鹃花盆挂在阳台上。我们各从一侧下车，进门时没有交谈。萨拉正坐在椅子上，依然穿着校裙，尽管这学期的课已经结束了。她看起来有点像色情杂志上穿着制服的封面女郎，坐得直直的，双腿并拢，两手放在膝上，盯着窗户上或是屋外花园中的某处，整个姿势看起来像是她母亲常做的那些瑜伽动作中的某一式。我注意到尽管她一直以来总显得苍白孱弱，如今她的气色看起来却好多了。她的双腿和胳膊都壮了不少，好像这几个月来在坚持锻炼。她的发色光亮，两颊现出一丝淡淡的胭脂般的红晕。她看见我进门，便微笑着向我打招呼：

“你好，爸爸。”

我的女儿真是甜心。但她只说了两个词我就注意到这孩子身上发生了什么很严重的事，肯定和她母亲有关。有时候我也考虑过也许该带着她跟我过，但最终总会放弃这个念头。在窗边，离电视几米远的地方，有一只笼子。那是一只鸟笼，大约有七八十厘米高，从天花板上悬挂下来。笼子里是空的。

“这是什么？”

“鸟笼。”萨拉说着笑笑。

西尔维娅向我做了个手势，叫我跟她进厨房。我们一直走到落地窗边，她还回头确认了一下萨拉会不会听见我们的话。萨拉依然笔直地坐在椅子上，望着外面的街道，仿佛她从来没出过门似的。西尔维娅压低了声音：

“马丁，好了，你得冷静点儿听我说。”

“西尔维娅，别再鬼鬼祟祟的了。到底是什么事？”

“我从昨天起就没给她吃过东西。”

“你想通过这个方法来间接折磨我？”

“是为了让你亲眼见证一下。”

“啊……你疯了吗？”

她指指客厅，我们一道走回去。她又指了一下椅子。我坐到萨拉对面。西尔维娅走出屋子，我们看着她从门口出去进到车库里。

“你妈妈到底怎么啦？”

萨拉耸耸肩，表示她也不知道。她的头发又黑又直，紧紧绑成马尾，额前一道齐刘海几乎遮住眼睛。

西尔维娅带着一个鞋盒子回来了。她用双手小心翼翼地捧着盒子，仿佛里面装的是什么易碎品。她走到鸟笼前，打开笼门，从盒子里抓出一只高尔夫球大小的麻雀，把它塞进鸟笼里，关上门。她把盒子往地上一扔，正好落在一大堆纸盒的顶上，那里还有十来只类似的盒子，都堆在写字桌下。这时萨拉站起身来，马尾辫拍打着脖颈，几乎是蹦蹦跳跳地跑向鸟笼，动作像是小她五岁的小女孩。她背对着我们，踮起脚尖，打开鸟笼抓出那只小鸟。我看不见她在做什么。小鸟吱吱地叫着，她折腾了一会儿，好像是那只鸟想逃走。西尔维娅用手捂住嘴。当萨拉回过头转向我们时，小鸟已经不见了。她的嘴上、鼻子上、下巴上和手上都沾满了鲜血。她害羞地笑着，嘴唇弯出一个大大的弧度。当她张开嘴时，我看见她鲜红的牙齿，顿时跳了起来。我奔向浴室，关上门对着马桶呕吐。我以为西尔维娅会跟进来，会把事情怪在我头上，会隔着门对我叫嚷，但她没这么做。我洗了洗嘴，又洗了脸，然后站在镜子前倾听。从楼上传来重重的脚步声。门开开关关了好几次。萨拉在问她能不能把放在搁架上的照片带走。西尔维娅回答“可以”的声音听起来很遥远。我尽量轻手轻脚地打开门，探头向走廊望去。屋子的大门时不时地打开一下，我看见西尔维娅把那只鸟笼放上我的汽车后座。我走出去几步，想逃出这间屋子，想大喊大叫，但萨拉正从厨房向街上走，我赶紧停下脚步，不想让她看见。她们母女二人在拥抱，西尔维娅亲了萨拉一下，让她坐在副驾驶的位子上。我等着她走回来，关上门。

“这他妈的到底是……”

“你带她走。”她边说边走向书桌，开始把桌子下面的那些空盒子压扁、折好。

“老天啊，西尔维娅，你的女儿吃鸟！”

“我再也受不了了。”

“她吃鸟！你带她去看过医生了吗？那些骨头她是怎么处理的？”

西尔维娅停下手中的活，心不在焉地看着我。

“我估计她也吞下去了。我不知道那些鸟……”她说着陷入沉思。

“我不能带她走。”

“再让我跟她在一起多待一天，我就自杀。我会先杀了她再杀掉我自己。”

“她吃鸟！”

西尔维娅走向浴室，把自己锁在里面。我向窗外望去。萨拉正从车里向我高兴地挥手。我试图冷静下来。我得尽量想些乐观的方面，这样才有办法迈出步子，跌跌撞撞地走向门口，同时祈祷自己能重新变成一个正常人，一个普普通通的人，举止利落、有条理，能在超市的货架前站上十分钟，对比所有的罐头食品，确信自己买下的那一罐豆子是最合适的。我想着既然还有人吃人的现象存在，那么人吃鸟相比之下也不算那么糟。从自然的角度来看，这比吸毒对健康的损害要小，而从社会的角度来说，要隐藏这种怪癖，也比掩盖十三岁少女怀孕的丑闻要来得容易。但我确信，一直到我拉开车门的那一刻为止，我一直在喃喃自语地重复着“她吃鸟，她吃鸟，她吃鸟……”

我带着萨拉回家。我们沿途都没有说话，到家后，她自个儿把行李从车上搬了下来。她的鸟笼，她的行李箱——都放在汽车后备箱里——还有四个鞋盒，就是西尔维娅从车库拿出来的那种。我什么忙也帮不上。我打开门，看着她独自一个人进进出出忙里忙外。待我们进屋，我向她指指楼上的房间。她把东西搬上去之后，我叫她下楼，我们面对面坐在餐厅的桌旁。我准备了两杯咖啡，但萨拉把她的那一杯推到旁边，说她不喝饮料。

“你吃鸟，萨拉。”

“是的，爸爸。”

她咬着唇，羞涩地加了一句：

“您也一样啊。”

“你吃活的鸟，萨拉。”

“是的，爸爸。”

我想象着生吞下那么个温热鲜活的东西，嘴里含着那种带羽毛和爪子的活物，会是个什么感觉，接着我和西尔维娅一样，忍不住用手捂住了嘴。

我们一起过了三天。萨拉从早到晚直挺挺地坐在椅子上，双腿并拢，手放在膝盖上。我每天早早出门工作，在网上把“鸟”“生吞”“治疗”“收养”这些词排列组合，反复搜索。我知道当我上网时萨拉还在家里坐着，几小时几小时地盯着窗外。晚上七点左右，我下班回到家里，就看到她还是那个样子。一想到她就那样过了一整天，我就觉得项背上汗毛倒竖，恨不能立即冲出家门，用钥匙把她反锁在里面，牢牢地、密不透风地锁起来，就像男孩子们抓来昆虫之后把它们塞进密封玻璃瓶，直到里面的空气耗尽。可我能这么做吗？

我小时候看过一次马戏，其中有个长胡子的女人表演过生吞活鼠。她嘴里叼着老鼠，有好一阵子我都可以看见老鼠尾巴在她的唇间摆动，与此同时她还在观众席间走来走去，眼睛睁得大大的。如今每天晚上，当我在床上翻来覆去难以入眠时，我都会想起这个女人。我想着有没有可能送萨拉去精神病院。我可以每周去看她一两次。西尔维娅和我可以轮流去探望她。我想到在某些情况下，医生也许会建议将病人与其家人隔离几个月。也许这样对大家都好，但我不敢确定萨拉能否受得了那种环境。也许她能对付过去。但不管怎么说，她妈妈是不会同意的。又或许她会同意。但总之我不能擅自决定。

到了第四天，西尔维娅来看我们。她带来五个鞋盒，把它们从里到外地堆放在大门口。我们两个人都没有谈起这些盒子。西尔维娅问起萨拉，我指给她看楼上的房间。她下楼后我煮了咖啡。我们两人默不作声地在客厅里喝着咖啡。西尔维娅的脸色很苍白，双手抖个不停，每次她把杯子放回托盘时都会将勺子碰得叮当响。我们都知道彼此在想什么。我可以说“这都是你的错，这全是你造成的”，而她可能会说些胡言乱语，比如“出这种事都是因为你从来不关心她”。但事实上我们两个人都已经心力交瘁了。

“我来准备这个。”西尔维娅临走前指指鞋盒说。我没有回答，但从内心深处深深地感谢她。

超市里人来人往，大家都在往推车里放麦片、甜点、蔬菜和牛奶。我只拿了我要的罐头，然后就默默地去排队。我每周会逛两三次超市。有时候就算没什么要买的东西，我也会在回家前去那边转转。我会推着购物车，在货架前徘徊，想着可能会忘掉什么。

我和萨拉晚上一起看电视。萨拉笔挺地坐在角落的椅子上，我坐在另一边，时不时瞥她一眼，看看她到底在看节目，还是已经又把目光转向了花园。我准备两人份的食物，装在两个托盘内端进起居室。我把萨拉的那份放在她面前，但她碰都不碰一下。待我开始吃饭，她就说：

“失陪了，爸爸。”

然后她站起来上楼回自己的房间，小心翼翼地锁上门。她第一次这么干的时候，我调低了电视音量，在一片寂静中侧耳倾听。我听到一声短促而尖锐的鸟叫。几分钟后浴室水龙头打开了。然后是水流声。有几次，她过几分钟后会重新下楼，打理得整整齐齐。另几次她则会直接去洗澡，然后穿着睡衣出现。

萨拉不肯出门。我观察她的行为举止，猜想她可能患有某种旷野恐惧症。有几次我会在花园里放把椅子，试图说服她出去坐坐，但总是徒劳。尽管如此，她的肤色却显得光鲜亮丽，看起来一天比一天漂亮，仿佛她其实每天都在阳光下积极运动。有时候，我正做着手头的事，突然会看见一根羽毛。我在门后的地板、咖啡伴侣的瓶子后面、餐具里面都发现过羽毛，在厨房水槽里也捡到过沾湿的羽毛。我会偷偷把羽毛捡走，小心别让萨拉看见，然后把它丢进马桶。有几次，我会看着水流如何将羽毛冲走，直到水箱里重新注满水，水面再次变得平静无波，像一面镜子，我仍在那里呆呆地看着，想着是否该去超市，想着在推车里放进那些垃圾究竟意义何在，想着萨拉，想知道花园里到底有什么。

一天下午，西尔维娅打电话通知我说她得了重感冒卧病在床，不能来看我们了。不能来看我们意味着她不会再带来那些盒子。我不知道没有她的帮助，自己能否处理这种情况。我问她有没有发烧，吃得好不好，有没有看过医生，正当她忙着回答时我说我得挂了，随后掐断电话。电话铃再次响起时，我没有接。

我们一起看电视。我把我的晚饭拿出来时，萨拉没有站起来回到她的房间。她看着花园，等我吃完，又继续看电视节目。

第二天，回家之前我先去了趟超市。我在推车里放了些常买的货，随后在一排排货架间游荡，仿佛是第一次逛超市的人要将这个地方好好认个遍。我停在“宠物”区，那里陈列有狗、猫、兔子、鸟和鱼吃的食物。我拿起其中几样看了看成分。我看着各种宠物食品的配方、所提供的卡路里数和每种食品根据动物的种类、重量和年龄推荐的食用剂量。之后我去了“园艺”区，但那里只卖植物花草、花盆和泥土。于是我又一次回到“宠物”区，杵在那儿想着接下来该怎么办。人们推着购物车在我身边来来往往，纷纷避开我。超市广播在宣传母亲节的奶制品特惠促销活动，还附有一段配乐故事，讲一个花花公子虽被美色环绕，却仍然深深怀念他的初恋。最后我终于推着推车回到罐头区。

这天夜里，萨拉通宵未眠。我的房间在她楼下，我能听到她在天花板上方紧张地走来走去，反反复复地上床又下床，躺倒又起身。我想象着她的卧室：自从她来了以后我还没上去过，可能那里已经变得一塌糊涂，成了一个满地污垢和羽毛的鸡窝。

西尔维娅来电之后的第三天，我回家前路过一家兽医院，不禁驻足在那里，看起悬挂在遮篷下的鸟笼来。那些鸟没有一只像西尔维娅带给我们的那种麻雀。鸟儿毛色斑斓，而且基本上都比麻雀大一点儿。我在那里站了一会儿，直到店员走过来问我对哪种鸟有兴趣。我说没有，我对鸟完全不感兴趣，只是看看。那店员还留在那儿，搬动盒子，朝街上张望，直到他明白我真的是什么都不想买，才回到柜台。

在家里，萨拉还坐在那把椅子上，继续她那套瑜伽练习似的姿势。我们互相打了招呼。

"你好，萨拉。"

"你好，爸爸。"

她的双颊正失去血色，整个人看上去都没有之前那么精神了。

"爸……"萨拉说。

我连忙咽下口中正在咀嚼的食物，调低电视音量，怀疑自己是不是真的听到她在跟我说话。然而她确实是在说话：双腿并拢，双手放在膝盖上，直直地看着我。

"什么事？"我问。

"您爱我吗？"

我做了个肯定的手势。表示这就是了，当然。她是我女儿，不是吗？尽管如此，出于疑虑，我又回想了一遍前妻所认为的“正确的回答”，加了一句：

“当然了，我的宝贝。当然。”

萨拉这才笑了笑，在电视节目接下来的时间里，她一直望着花园。

这天晚上又是个不眠之夜，我听到萨拉从房间的这头走到那头，而我自己则在床上辗转反侧，好不容易才入睡。第二天我就打电话给西尔维娅。这天是星期六，但她没接电话。我迟一些又打了一次，中午又打了一次。我给她留言，但她没回。萨拉整个上午都坐在椅子上望着花园。她的头发乱糟糟的，坐得也没有过去那么直了；她看起来很疲倦。我问她觉得怎么样，她回答：

“很好，爸爸。”

“你为什么不去花园玩会儿？”

“不要，爸爸。”

我想到我们昨晚的对话，突然想问问她“你爱我吗”，但我马上又觉得问这种问题有点蠢。我又打电话给西尔维娅，并再次给她留言。我小心不让萨拉听见，压低嗓子对着答录机说：

“拜托了，情况紧急。”

我们各坐一把椅子，看着电视。几小时后萨拉说了声：

“失陪了，爸爸。”

接着她把自己关在房里。

我关了电视，又一次走向电话。我拎起听筒，听到拨号音后又挂了。我开车去了那家兽医院，告诉店员我要买一只小鸟，越小越好。售货员打开一本带图片的目录，开始给我介绍每个品种的不同价格和所需饲料。我猛地一掌拍在柜面上。柜台上的东西都弹跳起来；店员吓得不敢再作声，只默默地看着我。我指了指一只黑色的小鸟，它正紧张地在鸟笼里窜来窜去。我付了一百比索，店员把鸟放在绿纸板做的方盒里交给我，还附赠了一本正面画有小鸟照片的养鸟指南。他们还要送我一袋草籽，我没有收。

我回家时，萨拉仍把自己关在房里。我上楼进了她的房间，打从她进家门以来这还是第一次。她坐在床上，正对着一扇打开的窗户。她看看我，但两眼无神。她看起来苍白得像是得了什么病。房间里整整齐齐的，浴室的门还半开着。书桌上堆了三十几个鞋盒，一个个摞在一起，但都已经拆开压平，所以看上去并不怎么占地方。那只空鸟笼挂在窗边。床头柜上的小灯边，放着她从母亲家带来的相框。小鸟在盒子里挣扎，可以听见它的爪子在纸板上抓挠的声音，但萨拉还是一动不动。我把盒子放在桌上，离开房间，关上门。我这时才意识到自己觉得很不舒服。我倚在墙上，想休息片刻。我看着那本养鸟指南，我还一直把它攥在手心里。在指南手册的反面有一些养鸟常识，还提到了鸟类繁殖。指南上特别指出，在温热的气候下这种鸟必须成对抚养，并要尽量减少监禁的时间。我听到一声短促的鸟鸣，之后是浴室洗脸池的龙头打开的声音。当水流开始汩汩响起，我才觉得舒服了一些。我知道，之后我总有办法，对付着过下去。

愤怒如瘟疫蔓延

吉斯蒙蒂很诧异这里没有小孩和狗跑出来迎接他。他不安地看看远处的平原：载他过来的车此刻已经驶远了，在他的视线中缩成一个小点。车子要到明天才会回来接他。多年以来，吉斯蒙蒂拜访边境村庄，统计那些贫穷村落的人口，并送他们粮食以示答谢。但这是第一次，在这个山谷深处的小村庄里，吉斯蒙蒂感觉到一种彻骨的不安。他看着这里稀稀落落的几栋房子，能看见三四个静止不动的人影，几条狗趴在地上。他顶着正午的大太阳前进。他的肩上扛着两个大口袋，袋子不断地往下滑，弄得他胳膊酸痛，只得停下来休息一会儿。一条狗抬起头看着他走近，但没有从地上起身。镇上的房子是一种泥土、石头和木板的奇怪组合，乱七八糟地一直蔓延到空空如也的街道深处。这镇子看起来仿佛荒无人烟，但吉斯蒙蒂可以感觉到房子的窗户和门背后都有人。他们既不动也不看他，但确实有人在那儿。吉斯蒙蒂看到：一个男人坐在一扇门边；一个男孩背靠着一根柱子，还有一条狗的尾巴从一栋房子里伸出来。吉斯蒙蒂热得头昏眼花，放下肩上的口袋，用手抹了一把额头上的汗。他注视着那排房子。外面没有人可以跟他说话，因此，他找了一户没有门的房子，说了声“打扰”，然后探头进去。屋里有一位老人，正透过屋顶上的洞注视着头顶的天空。

“打扰了。”吉斯蒙蒂说。

房间的另一边，有两个女人坐在桌边。再后面是一张单人小床，两个男孩和一条狗在那上面挤作一堆睡觉。

“打扰……”他又重复了一遍。

老人一动也不动。等吉斯蒙蒂适应了这里的黑暗，他才注意到两个女人中年轻一点的那个正看着他。

“你好，”他说着，试图令语调恢复正常，“我是为政府工作的……我该找谁谈？”吉斯蒙蒂边说边向前倾了倾身子。

那女人表情漠然，一言不发。吉斯蒙蒂扶住墙上的门洞；他觉得头晕。

“总该有个人……有个能提供情报的对象啊。你知道我应该跟谁去谈吗？”

“谈话？”那女人用干巴巴的、有气没力的声音说。

吉斯蒙蒂没有回答；他还以为自己会发现这个女人永远也不会开口说一个字呢。而且，晌午的酷热也让他不舒服。那女人看起来失去了兴趣，又将视线从他身上挪开了。吉斯蒙蒂心想，也许他可以自己估算一下镇上的总人口，按自己的判断把人口登记表填掉；永远也不会有一个政府官员愿意自找麻烦，回来核查一个像这样的村落的人口数据的。但是不管怎么说，带他回去的车不到明天是不会过来的。他走近那些小男孩，也许至少他们可以跟他说得上话。那条狗把它的下巴搁在一个男孩的腿上，看到他走近，它也连动都不动一下。吉斯蒙蒂向他们打了声招呼。只有一个男孩慢吞吞地抬眼看看他，他的嘴唇微微一动，好像做了个微笑的表情。他搁在床板上的脚是光着的，但看起来很干净，仿佛他从来没有下过地。吉斯蒙蒂弯下腰，用手摸了摸男孩的一只脚。他也不知道自己为何会这样做，也许他只是需要确认这男孩是否能走路，是否还活着。男孩看着他，吓了一跳。吉斯蒙蒂挺起身，退到屋子中央看着那男孩，同样也受了惊吓。但令他恐惧的并非男孩的表情，也并非是由于这屋子里的寂静和死气沉沉。他的目光扫过搁板架子上的灰尘，空空如也的床头柜，最后停留在他能看见的唯一一个罐子上。他拿起那个罐子，将桌面上的其他东西拂开。惊讶的感觉持续了好几秒。之后，他抚着四散的灰尘，不明白自己看到的是怎么一回事。他检查了抽屉和碗柜，打开罐头、盒子、瓶子，但什么都没有找到。没有吃的，没有喝的，没有毯子，没有工具，没有衣服。只有一堆没用的破烂。他只找到些瓦罐的残片，看起来曾经是用来装东西的。他不敢看那些孩子，仿佛自言自语似的问他们饿不饿。没有人回话。

“那你们渴吗？”他打了个寒噤，连声音都在发抖。

人们莫名其妙地看着他，仿佛不能理解这些问题的意义。吉斯蒙蒂冲出房间。他跑到街上，找到他的口袋，把它们背回来，激动地站在男孩子们面前。他推开桌上的东西，随便拎起一个口袋，用牙齿咬开，一大把糖果落在他的手心里。孩子们看着他手捧糖果递给他们，但好像都没有理解他在做什么。就是在那一刻，吉斯蒙蒂忽然感觉到了——也许是他进入山谷以来的第一次——他感觉到一阵轻微的动静。他直起身，四处张望着，几颗糖掉到了地上。 个女人站起身来，从门框处看着他。她看他的目光和之前不一样了：不再像是在看某处的舞台或者风景。她是在看着**他**。

“您在做什么？”她说。

她的声音听起来和之前一样软塌塌的，但其中自有一种威严，令吉斯蒙蒂大吃一惊。一个男孩从床上跳下来，盯着他手中满把的糖果。那女人看了看散了一地的包裹，又回头愤怒地看着他。连那条狗也直起身，开始激动不安地对着桌子吠叫。一大群男男女女开始围拢过来，从窗口和门边层层叠叠地头挨着头往里看，骚乱的范围逐步扩大。又有几条狗跑了过来。吉斯蒙蒂看着他手中的糖果。这一次，终于，所有人的注意力都集中到了他的身上。他几乎看不见那个小男孩，看不见他的小手，他的湿漉漉的手指如何抚摸着糖果，双眼如何激动得发亮：他的嘴巴咂巴着，似乎刚刚回想起糖果的滋味。当那男孩将他的手指放入嘴里时，一切忽然都静止了。吉斯蒙蒂抽回手。他看见人们带着一种奇怪的表情看着他，一时间他还没能理解。之后他忽然感到胃里一阵抽搐。他跪倒在地，手中的糖撒了一地。重新被忆起的饥饿感伴随着一种愤怒的情绪，如瘟疫般在山谷中蔓延。

物品的尺寸

关于恩里克·杜维尔这个人，他家里有钱我是知道的，同时我也知道，尽管有时候能看见他跟不同的女人出门兜风，他还是跟他妈妈住一块儿。每个星期天，杜维尔都会开着他那辆敞篷车出来转悠。他开到广场，看也不看邻居一眼，也不跟人打招呼，就这么呼啸而去，直到下个周末为止都看不见踪影。

我经营着一家从父亲那里继承下来的玩具店。有一天我撞见杜维尔正站在大街上，透过玻璃窗迟疑地观望我们做生意。我把这件事告诉我妻子米尔塔，她说我肯定是认错人了。但之后她自己也看见了。有几个下午，杜维尔会站在玩具店门前，凝视着橱窗。之后他第一次犹犹豫豫地走进商店，看起来挺不好意思的，好像他也不知道自己是来找什么的。他走近柜台，从那里望着货架。我等着他开口。他摆弄了一会儿汽车钥匙，最后买下了一个飞机组装模型。几天之后，他又回来买了一个同款的模型。之后的几次，他又采购了一些汽车、轮船和火车的玩具系列。最后他开始成为玩具店的常客，每周都会来买走一些玩具。直到有一天，我准备拉下卷帘门关店的时候，看见他站在外面，望着橱窗。他发着抖，满脸通红，眼里水汪汪的，似乎刚刚哭过。他看上去好像受了惊吓。我没看见他的车，一时间，我以为他遭抢了。

“杜维尔，您的车呢？”

他含糊地做了个手势。

“我最好能留在这儿。”他说。

“这儿？那您的母亲怎么办？”我问完便立刻后悔了，生怕这个问题冒犯了他。但他只说：“她不想再看见我了。她把家里所有的门都锁上了。她说她永远不会再放我进门，还说我的车也是属于她的。我还是留在这儿比较好。”他又重复了一遍。

“但是这儿，杜维尔……这儿可没有睡觉的地方啊。”

“我会付住宿费的，”他说着翻了翻口袋，“我没有带钱……但我可以用工作来抵，肯定有什么我能干的事儿的。”

我觉得让他留下来会是个错误的决定，但我还是放他进来了。我们摸索着走进店里。我打开灯，他看着橱窗，兴奋得两眼放光。我预感到杜维尔会通宵不睡，顿时有点不放心留他一个人在那儿。他张望着货架上堆起来的一大摞盒子，那是我们新进的货，还没来得及整理。尽管我对指使他干活略有疑虑，但我想着给他点儿事情做做也许会更好些。

“您能帮忙整理一下这些盒子吗？”

他点点头。

“我明天会来摆架的，您只需要把货品分门别类地整理一下，”我走向那堆货物，他紧跟在我后面，“比如说，拼图归拼图放在一块儿。看看东西应该摆在哪个位置，把它们堆在一起，放在货架后面。如果您还有……”

“我完全理解了。”杜维尔打断我说。

第二天，我比平时早了几分钟进店。门口的卷帘门已经拉起，天色大亮，屋里的灯已经关掉了。我一跨进店里，就意识到昨天留杜维尔一个人在这里真是个巨大的错误。如今所有的东西都不在自己原来的位置上了。如果现在进来一个客人，问我要某个超级英雄的玩偶，我可能得花上一早上去找。杜维尔是按颜色给商品分类的：橡皮泥模具，纸牌，婴儿爬梯，脚踏车，所有这些东西都混到了一处。橱窗里，货架上，搁板上，商品的各种色调由深到浅，一波又一波地蔓延过去。我想我永远也不会忘记灾难发生时的这一幕了。我下定决心，要叫杜维尔彻底滚蛋，我的心意已决。但就在这时，我忽然注意到一个女人带着她的孩子在朝店里张望，仿佛看见了什么特别迷人的东西。一眨眼杜维尔的身影就不见了，他正在货架间来回穿梭。之后又来了几家人，父母和孩子都像是被橱窗吸住了，迟迟挪不开脚步。人们奔走相告，没过多久又来了更多的客人。还没到中午，店里就已经挤满了人：我从来没有在哪一天卖出过这天上午这么多的东西。要找到人们要的货很困难，但杜维尔的记忆力惊人，我只要说个名字，他就立刻点点头，跑去将它拿来。

“您可以直呼我的名字，”那天他对我说，“只要您愿意……”

按色调摆架，使之前从不引人注目的货品也有了销路。比如说，绿色的蛙蹼带动了蟾蜍形状的口哨的销路，它们双双放在绿松石色系列的最后一排；冰川的拼图上接绿色，那是照片上土地的颜色；下接雪山山峰的白色，顺便带起了那一排中排球玩具和白狮子长毛绒玩具的销路。

从那天开始，玩具店再也没有在午休时间关过门；晚上的歇业时间也越来越晚。恩里克从那天起一直睡在店里。米尔塔帮他在仓库里张罗出一块睡觉的空间。头几天他不得不将就着打地铺，我们在地上铺了个床垫。之后我们想办法给他搞了张床，再以后，我们为他的房间添置了一张桌子和两把椅子，又给他买了一套浴巾，米尔塔还在浴巾上绣了金色镶边的字母“E”。恩里克每周利用晚上的时间重新摆一次架。他用积木搭出场景，用不同的方式把玩具堆进橱窗，调整店里的灯光打在橱窗中的效果；他在货架间搭出一座城堡，还设计了不少游戏和比赛吸引大人小孩到店里玩。我们对他提过工钱的事，但他丝毫不感兴趣。

“能让我住在这儿就已经很好了，”他说，“这比给我钱更好。”

他从来不出门。晚上米尔塔会给他准备吃的：从一开始的面包，到后来越来越精心准备的一日三餐。

恩里克从来不去碰那些组装模型。它们堆在货架的最高处，从来没挪过地儿。那是唯一从来不变位置的商品。相反，他喜欢上了拼图和桌面游戏。早上如果我早点去店里，就会看见恩里克坐在桌边，一手拿着他的牛奶杯，一手摆弄着两个不同颜色的瓷娃娃，玩得不亦乐乎，或是忙着在一幅秋日风景的拼图上嵌入最后一块。他变得日益沉默寡言，但接待客人时依旧很认真，尤其是在跟那些小男孩交流的时候，他很有一套。他习惯了每天早上起来自己铺床，收拾桌子，随后扫地。做完家务，他会走近我或是米尔塔——由于生意太好，米尔塔也开始站柜台接待客户了——然后汇报说“床铺好了”，或是“我刚刚扫过地”，或仅仅是简单说一句“我做完了”。这种过于殷勤的态度，照米尔塔的说法，渐渐开始叫我们觉得不安起来。

有一天早上，我发现恩里克不再玩之前的老一套了。他用可旋转关节的玩偶、动物玩具和积木搭了个小小的动物园，一边喝着他的牛奶，一边打开马棚的栅栏，操纵着马儿一匹匹往山上跑。我向他打了个招呼，就回柜台工作了。他向我走过来，看起来很不好意思。

“我铺好床了，”他说，“我还整理了房间。”

“很好，”我说，“我是想说……你铺不铺床都无所谓。那是你的房间，恩里克。”

我以为他能明白我的意思，但他望着地面，更加羞愧地说：“对不起，这种事以后再不会发生了。谢谢。”

从此恩里克也不再整理桌面游戏了。他把那些玩具也放到货架上最高的一格上，跟组装模型摆在一起，只有在客人有需要时才爬上去拿。

“我们得跟他谈谈，”米尔塔说，“客人还以为我们这儿不卖拼图了呢……”

但我什么也没说。店里生意不错，我不想打击他。

之后恩里克开始挑食了。他喜欢吃肉类、蔬菜泥，以及拌有简单酱汁的意大利面。如果给他送除此以外的食物，他就不吃，因此米尔塔开始只准备他爱吃的菜。

有的时候，客人会给恩里克留点小费，他攒足了钱之后，在店里买了一个蓝色塑料杯子，杯子的正面饰有浮雕状凸起的跑车图案。他早上用这个杯子来装早餐，如今他每天在汇报铺床和打扫房间的情况时，还会加上一句：“我把杯子也洗好了。”

米尔塔忧心忡忡地对我说，有一天下午，她看见恩里克在跟一个小男生玩耍时独霸一个超级英雄的玩偶不放，不肯跟那个男孩分享。小男孩哭起来，而恩里克则怒气冲冲地跑回自己房间锁上了门。

“你知道我有多喜欢恩里克，”那天晚上我妻子说，“但我不能允许这种事情发生。”

尽管恩里克在摆放货架时依然很有创意，但他现在也不碰活动关节人偶和积木了，他把它们跟桌面游戏、组装模型一道塞在货架的最高处，那上面如今已经被塞了个满满当当。他还在继续更改摆架，但客人还能接触到的玩具种类如今已经变得极其有限，而且很乏味，连最小的小孩子都不感兴趣。渐渐地，店里的销量又下跌了，客人也越来越少。米尔塔也不必来帮忙站柜台了，店里又一次只剩下恩里克和我两个人。

我还记得我最后一次看到恩里克的那个下午。他不想吃午饭，只拿着他的空杯子在货架间走来走去。我看着他，感觉他又悲哀又寂寞。我忽然感觉到，不管怎么说，米尔塔和我到底欠过他很大的人情。我想给他鼓鼓劲儿：我攀上活动梯——从他来店里以后我就没再用过这梯子了——一直爬到货架最高的一层。我挑了一个进口的老式机车模型。这是我们店里最好的一个组装模型。包装盒上的说明写着模型由超过一千个零件组成，装上电池以后还会闪闪发光。我抱着这个礼物爬下楼梯，从柜台那里招呼恩里克。他沿着货架垂头丧气地走出来。我又叫了他一声，这回他忽然受惊似的蹲下身子，就那么不动了。

“恩里克……”

我放下玩具盒子，慢慢地向他靠近。他蹲在那里哭，双手环抱着膝盖。

“恩里克，我想送你……”

“我不想再挨打了。”他说。他抽抽鼻子，继续无声地哭着。

“可是恩里克，没人……”

我跪坐在他身边。我希望我刚才把盒子拿过来了，我想现在就给他点什么，送他某些特别的东西。但现在我不能放着他一个人不管。米尔塔也许会知道该怎么做才能安抚他的情绪。正在这时，门忽然被打开了。我们抬起头，看见两只高跟鞋在货架间移动。

“恩里克！”一个凶巴巴的声音吼道。

高跟鞋停住了，恩里克一脸惊恐地看着我，好像想说什么。

“恩里克！”

高跟鞋又开始移动了，这次直接冲着我们的位置走来，接着一个女人从货架拐角处出现了。

“恩里克！”她怒气冲冲地走近，“你竟敢叫我这样一通好找，蠢货！”她大喊大叫着，扇了他一巴掌，打得他几乎失去平衡。之后那女人抓住他的手，一把将他从地上扯起来。她对着我骂了一通，重新踩上高跟鞋，啪嗒啪嗒地踩着地板，几乎半拖半拉地把恩里克拽走了。我看见他趺了一跤，摔倒在门口。他跪在那儿，回头看了我一眼，他的表情扭曲着，仿佛随时会哭出来。我看见他伸出手，他细瘦的手指挣扎着，试图从他母亲向他伸来的魔掌中逃离。

掘洞人

我在海边的小镇旁租了一幢大房子，打算远离城市，好好地休息休息。从小镇出发，沿着一条石子路走十五公里就能看见我的房子，正朝着大海的方向。我第一次驱车前往时，车子中途陷进一片茂密的杂草当中无法再前进一步；眼见着远处房子的屋顶已经若隐若现，我决定下车步行。我拿了些必需品，下车继续前进。天色渐晚，尽管看不见大海，浪花拍打海岸的声音却已清晰可辨。我还差几米就快到了，却忽然撞上了一个人。

“是您吗？”

我吓了一跳，转过身。

“是您吗，老爷？”一个男人费劲地站直身子，“我一天都没偷懒，唔……我以我母亲的名义发誓。”

他努力拉平衣服上的褶皱，又理了理头发，看起来很紧张。

“只有昨晚……您想象一下，老爷。我就快完成了。今日事，今日毕。来，来。”他说着钻进杂草丛中的一口深井中。那口井离我撞上他的地方只有一步之遥。

我弯下腰，探头往井里看。井口直径足有一米多宽，往下望去深不见底。是谁叫这人干这样一种活儿的啊？他又怎么会把我错认成他的雇主？他们到底在找什么，竟然要挖得这么深？

“老爷，您要下去吗？”

“我想您一定是认错人了。”我说。

“什么？”

我对他说，我不会下去。他没有回答，我就又自顾自地朝那幢房子的方向走去。我走到门廊前才远远听到他的声音：“很好，老爷，您说了算。”

第二天上午，我出门去拿昨晚留在车里的那些行李。我一回家就看见昨天见到的那个男人坐在门廊前打瞌睡，头垂在胸前一点一点，两膝间还夹着一把生锈的铁锹。他一看见我便扔下那把铁锹赶紧站了起来；他帮我把最重的几箱行李搬进来，又指指那些包袱，问那些是否也是工程的一部分。

“我得先整理东西。”我说。走到大门口时，我从他手里把行李拿了回去，以防他想跟着我进门。

“是，是老爷。您说了算。”

我走进屋子。透过厨房的窗户，我可以看见大海。目前海面上平静无波，这会儿去游泳再理想不过。我穿过厨房，又从前门的窗子偷偷向外张望了一眼：那个男人还站在那儿。他一会儿看着那口深井的方向，一会儿看着天空沉思。我走出门去，他赶紧立正，恭恭敬敬地向我打招呼。

“老爷，我们现在做什么？”

我意识到只消做个手势，这个男人就会自动跑到井那儿开始挖掘。我看了看远处的杂草地，那口井就藏在草丛中。

“您觉得还差多久才能完工？”

“一点点，老爷，只差一点点了……”

“您所谓的一点点到底是多少？”

“一点点……我不知道该怎么跟您解释。”

“您觉得今晚能做完吗？”

“我不敢保证……请您见谅：因为这不仅仅取决于我个人的努力。”

“好吧，既然你那么想去挖洞，那就去挖吧。”

“我已经在干了，老爷。”

我看着男人拿起铁锹，走下门口的台阶，朝那块杂草地走去，很快他的身影便消失在井下。

过了几天，我到镇上去了一次。那天上午阳光明媚，我想买件泳衣，之后好好洗个海水浴；不管怎么说，就算有个男人在我家附近掘洞，其实那房子也不是我的，说到底我没什么可担心的。我走进我能找到的唯一一家开着的店。里面的店员帮我包装我采购的商品时，随口问了一句：

“您的挖掘工干得怎么样了？”

我愣了几秒，还等着别的什么人会来回答这个问题。

“我的挖掘工？”

店员把购物袋递给我。

“没错啊。您的挖掘工……”

我付了钱，满腹狐疑地看看那个店员；离店前，我忍不住又问了一句：

“您怎么会知道挖掘工的事情的？”

“我怎么会不知道？”对方回答，仿佛没明白我的意思。

我回到家里，挖掘工正在门廊里打瞌睡，一听到我开门的声音就立即醒了过来。

“老爷，”他边说边站起身，“我们进展很快，完工的日子指日可待……”

如今我已经不记得当时我为什么会觉得那是个好主意了。但当时，看着他兴高采烈的样子，看着他那副随时准备陪伴我的架势，我忽然想改一改对他的态度，叫他迟些时候跟我一起去海边。

“您放着那口井不管也不要紧吧？”我问他。

挖掘工踌躇着。

“您希望我回去看着吗？”

“不，不，我只是问问。”

“如果发生什么事，随便什么事……”他作势转身，“结果会很糟糕的，老爷。”

“很糟糕？会发生什么情况？”

“必须继续挖掘。”

“为什么？”

他看看天空，没有回答。

“好啦，不必担心，”我说着往外走，“跟我来吧。”

挖掘工犹犹豫豫地走在我身后。

我们一路走到海滩上，我在离海边几米处坐下来，开始脱鞋袜。挖掘工也坐到我身边，他把铁锹放在一边，脱下鞋子。

“您会游泳吗？”我问他，“要不跟我一起下海？”

“不，老爷。我看着您就好，如果您同意的话。我带了家伙，以防计划有变。”

于是我独自起身走向大海。海水很冷，但我知道挖掘工就在背后看着，因此我没有回头。

待我重新上岸时，挖掘工已经不在了。

我气急败坏，到处寻找他的踪迹，查看沙滩上的脚印，想看看他会不会最终听了我的建议也下海去了；但沙滩上完全没有留下他的足迹，于是我决定还是先回去为好。我满心疑惑，查看那口井，检查它的四周，又回家一间间房间搜索。我站在门口的台阶下方，朝着走廊大声呼喊，尽管心里觉得这么做有些丢脸。过了一会儿，我又一次出门去找他。我走到那口深井处，向下探出头去，再一次大声呼唤他。井底下什么也看不见。我趴到地面上，伸手向下探，摸了摸井沿：活儿做得很细致，井口直径足有一米宽，井底直通地下深处。我想过要不要爬下去，但顷刻便放弃了这个念头。当我一手撑着井壁准备起身时，井沿处忽然碎裂了。我吓得一把抓住井旁的草丛，听见碎土石滚入地下深处的回响令我浑身瘫软。我的膝盖滑倒在井边，我可以看见井口如何分崩离析，消失在井底深处。我站起身，看着眼前的这场破坏。我几乎有点害怕地向四周看了看：还好，挖掘工不在附近。我想到可以用湿土修补井沿，但我得先去准备好水和铁锹。

我回到家里四处搜寻。我第一次走进后屋的两间房间，又去了洗衣房。最后我总算在一个放满旧工具的盒子里找到了一把园丁铲。铲子很小，但有了它至少我就可以工作了。我走出门，正巧与挖掘工撞了个正着。我赶紧把铲子藏到身后。

“我正在找您呢，老爷。我们有麻烦了。”

迄今以来第一次，挖掘工看我的眼神里带了几分怀疑。

“您说。”我说道。

“还有别人在挖掘。”

“还有别人？您确定？”

“我了解进度。有别的人也在挖。”

“您当时在哪儿？”

“我在磨铁锹。”

“好吧，”我说着，力图使声音听起来坚定果决，“您尽力挖，别再玩消失了。我来替您放哨。”

挖掘工犹豫着。他走开几步，但又突然停下脚步向我转过身。我之前有些分心，竟不小心垂下了手臂。他可以看见我腿边的园丁铲。

“您也要挖吗，老爷？”他看着我。

我几乎本能地想要藏起铲子。他看我的眼神完全不一样了，仿佛我已经变成了别的什么人，不再是他与之相处到现在的那个人了。

“您也要挖吗？”他坚持问道。

“我来帮您。您挖一阵子，我来顶班。我们轮流干活，这样您可以得空儿休息。”

“井是您的，”他说，“您不能去挖。”

挖掘工举起铁锹。他直视我的双眼，猛地将铁锹再一次扎向地面。

伊尔曼

奥利弗负责开车。我已经渴得发晕。我们进了一家空空荡荡的馆子，乡间所有的酒吧都很宽敞，这一家也不例外。桌上到处都是面包屑和酒瓶，仿佛不久前刚有一整个营的人在这儿吃过午饭，还没来得及清理。我们找了个靠窗的位置坐下来，一旁的电风扇无力地转动，一点儿风都送不过来。“我必须立刻喝点儿什么。”我对奥利弗说。于是他从另一张桌子上取来菜单，大声念出他觉得不错的菜名。

有一个男人从塑料布做的门帘后探出身。这人很矮，腰上系了条围裙，肩上搭着一块污迹斑斑的网格状深色抹布。他看起来像是服务员，却一脸迷惘，好像是被人突然丢在这个地方，不知该做什么好似的。他向我们走来，我们向他打招呼，他点点头。奥利弗向他点饮料，顺便就这炎热的天气开了个玩笑，但这家伙置若罔闻。我想也许我们只点简单的东西会好些，便问他有没有什么每日套餐之类的东西，新鲜、简单的。他答了声“有”就退下了，仿佛“新鲜、简单的”是菜单上的一道菜，无需再多做解释。他退回厨房，我们看见他的脑袋在正对柜台的窗口若隐若现。我看着奥利弗，他笑了笑；我可是渴得连笑都笑不动了。过了很久很久——远远超过拿两瓶随便什么冷饮给我们送来所需的时间，那男人终于再次出现了。他两手空空，连只杯子都没拿。我顿时火冒三丈：再不喝点儿什么我可能就要渴疯了。这家伙是怎么回事？他有什么问题？他站在桌边，额头上满是汗珠。他犹犹豫豫地做了个手势，似乎想解释，但又半途垂下手去。我用几近粗暴的语气问他到底怎么回事。他转头看看厨房，而后躲躲闪闪地说：“我够不着冰箱。”

我看着奥利弗。他爆发出一阵大笑，令我的心情更加恶劣。

“什么叫你够不着冰箱？那你平时到底是怎么招待客人的？”

“因为……”男人用那块抹布擦擦额头。这家伙真是无可救药。“平时我妻子会从冰箱里取东西。”

“所以呢？”我有想揍他的冲动。

“她在地上。她摔了一跤，现在……”

“什么叫她在地上？”奥利弗打断他问。

“唉，我不知道。我不知道。”男人说着耸耸肩，双手向空中乱摆一气。

“她在哪儿？”奥利弗问。

男人指指厨房。我只想喝点饮料，见奥利弗起身，我觉得这愿望泡汤了。

“在哪儿？”奥利弗又问了一遍。

男人又一次指指厨房，奥利弗往那儿走去，时不时疑惑地回头朝我们看。他消失在门帘后面，留下我和这个蠢货面对面，这令我浑身不自在。

奥利弗从厨房叫我过去，我走路时不得不绕开那个男人。我走得很慢，仿佛已经预感到了什么。我掀开门帘探出头。厨房很小，碗架和挂橱的架子上堆满了锅碗瓢盆。离墙几米的地上，有个女人躺在地上，看起来像一只晕船的海怪。她的左手抓着一只塑料勺。冰箱则挂在头顶最高处，与食品柜的位置平行。是那种食品店商用的冰箱，透明的冰箱门可以从顶部打开；但这里的这个被荒唐地从墙角悬挂下来，与食品柜的高度相同，冰箱门正对着前方。奥利弗看着我。

“好啊，”他说，“既然你来了，帮忙做点儿什么啊！”

我听到塑料门帘被掀开，那个男人站到我身边。他实际上比看起来的还要矮得多。我相信我比他几乎要高出一个头。奥利弗朝地上的女人弯下腰，但他不敢碰她。我觉得那胖女人仿佛随时会醒过来，开始尖叫。他把她脸上的头发撩开。女人的眼睛闭着。

“帮我扶她起来。”奥利弗说。

那男人一动不动。我走过去，蹲在胖女人的另一侧，但我们俩根本搬不动她。

“你不来帮忙吗？”我问那个男人。

“我感觉，”那倒霉鬼说，“她死了。”

我们吓得立即松开手，盯着胖女人看。

“什么叫她死了？你怎么不早说？”

“我不确定，只是有种感觉。”

“他说‘他感觉’，”奥利弗说，“没说是‘什么感觉’。”

“我感觉我有种感觉。”

奥利弗看看我，脸上的神情向我暗示“这混蛋欠揍”。

我蹲下身，握住女人那只拿汤勺的手，摸索她的脉搏。奥利弗等得不耐烦了，他把手指放到女人的口鼻处，然后说：

“已经死透了。我们走吧。”

那男人绝望了。

“你们要走？不，别走！我不想单独跟她待在一起！”

奥利弗打开冰箱，取出两瓶汽水，递给我一瓶，然后顿着步子离开了厨房。我跟在他身后，打开我那瓶汽水，喝了一大口。我本来以为永远喝不到水了。我都忘了自己有多渴。

“你怎么想？”奥利弗问。我舒畅地叹息一声。忽然间，我好像年轻了十岁，情绪也有所好转。“她是摔下去的，还是被推下去的？”我们离厨房还很近，但奥利弗没有降低声调。

“我觉得不会是他，”我低声说，“他需要她来够到冰箱，不是吗？”

“就为了这……”

“你真以为他会杀她？”

“他可以用梯子或者踩在桌子上，酒吧里有不下五十把椅子……”奥利弗指着周围说。我觉得他是故意要大声说话，于是我更进一步降低声调：

“就算真有可能是他吧。那他也真够蠢的，现在他得单独跟那个死掉的胖女人在厨房里待在一起。”

“难道你想收养他吗？把他挂在后车厢，等我们到了再放下车？”

我又喝了几口，停下来看看厨房。那个不幸的男人还站在胖女人的尸体前，手中举着一条长凳，似乎不知该往哪儿放。奥利弗对我做个手势，我们又回头走到厨房那儿。我们看见那男人把长凳放在一边，拉住胖女人的一条胳膊开始拽。尸体纹丝不动。他停下来休息了几秒，又开始尝试。他试着用她的一条腿抵住凳子，用膝盖顶住凳角。接着他爬上去，尽量向冰箱的位置够。长凳离那高度还有很大的距离。当他把脸转向我们这边开始往下爬时，我们忙躲到一边，坐在墙角的地上。我惊讶地发现柜台的桌子上空无一物。虽说搁板上、托盘上和挂橱里都堆得满满的，但在我们伸手能及的位置上却什么也没有。我们又听到那男人挪动凳子的声音。他在叹息。一阵寂静，我们等待着。突然，他从门帘后探出头。他的手中威胁似的挥着一把刀子，但一见是我们便似乎松了一口气，又唉声叹气起来。

“我够不到冰箱。”他说。

我们都懒得理他。

“你什么都够不着。”奥利弗说。

那家伙盯着他看，似乎面前站着的是上帝本人，正要给他解释我们所在的这个世界的真理。他扔下那把刀，目光扫过空空如也的桌面。奥利弗很满意：这傻瓜似乎终于稍稍开窍了点。

“给我们做个煎蛋卷吧。”奥利弗说。

男人转向厨房。在他那张蠢脸的前面是全套餐具、厨具，整个厨房似乎都挂在墙上，挂在挂橱上。

“算了，”奥利弗说，“还是做点简单的三明治吧，我确信这个你肯定能做。”

“不行，”那笨蛋说，“我够不着烤面包机。”

“那就别烤。就用面包夹一块火腿、一片奶酪。”

“不行，”他说，“不行。”他反复摸头，看起来好像很惭愧。

“好吧。那就来杯水。”

他又摇头。

“该死，你刚才是怎么招待大队人马的？”奥利弗指着其他桌子说。

“我需要想想。”

“你不需要想，你需要的是再长高一米！”

“没她我不行……”

我想给他拿点冷饮，我觉得喝点东西对他有好处，但当我准备起身时，奥利弗拦住了我。

“他总得学会自己来。”他说。

“奥利弗……”

“告诉我你会做什么事，随便什么。”

“我把她给我的食物端出来，把别人吃剩的东西端回去，擦桌子……”

“人不可貌相呀！”奥利弗说。

“只要她帮我把所有材料都放到桌子上，我就可以拌色拉，调味。我还会洗盘子、拖地、掸灰……”

“好了，好了。我明白了。”

这时那男人看着奥利弗，似乎恍然大悟。

“您……”他说，“您够得到冰箱。您可以烧饭，帮我取东西。”

“你说什么？谁也不会帮你取……”

“但您可以做这些工作，您够高，”他怯生生地向奥利弗跨出一步，这在我看来很没分寸，“我会付您工钱。”

奥利弗转向我。

“这混蛋在耍我。他在耍我呢！”

“我有钱。一周四百行不？我会付您钱。五百？”

“一周五百？你怎么不说这屋子里面还造了座宫殿？窝囊废……”

我起身站到奥利弗身后：他随时有可能出手打人，只不过看在那矮子那点身高的分上才忍到现在。

我们看着他捏紧小小的拳头，仿佛在聚集看不见的能量；但这能量渐渐从他的指缝间流失了，他的双臂开始颤抖，脸色通红。

“钱我不会亏待您。”他说。

每次他一开口，奥利弗就朝我看看，仿佛不能确信自己眼见的事实。他看起来似乎乐在其中，但没有人比我更了解他：从来没有人胆敢对奥利弗指手画脚。

“看您的车，”那家伙往公路上瞟一眼说，“看看您的车，我得说我理财可比您强多了。”

“狗娘养的！”奥利弗说着扑过去，我急忙拦住。那男人无所畏惧地后退一步，虚荣心作祟使他看起来似乎高了一米。我等奥利弗冷静下来才放开他。

“好吧，”奥利弗说，“好吧！”

他愤怒地盯着那男人看，在表面的平静下似乎隐藏着什么。“钱在哪儿？”他问。

我不解地看了奥利弗一眼。

“您要抢我的钱？”

“我想怎么做就怎么做，他妈的！”

“你在做什么呀？”我说。

奥利弗跨前一步，拎住那矮子的衬衫衣领将他举至空中。

“快说，钱在哪儿？”

奥利弗举着他用力地左右摇晃。那男人直视奥利弗的双眼，咬紧牙关不说话。

“听着，”奥利弗说，“要么把钱拿来，要么我打烂你的脸。”

他高举起拳头，离那家伙的鼻子不到一厘米。

“好吧。”那人说。

奥利弗松开手。男人落地，整整衣服往后退了一步。他慢慢地朝厨房对面的方向走去，消失在一扇门后。

“该死的混蛋。”奥利弗说。

我向他靠近一步以防被男人听到：

“你在干什么呀？这人的厨房里有个死人啊！我们还是快走吧！”

“你听到他怎么议论我的车了吗？这杂种还想雇用我，想做我的老板！想想看！”

奥利弗开始翻检柜台后的架子。

“这小子肯定把钱藏这儿了。”

“我们走吧，”我说，“你已经报复过他了。”

他检查了几只瓶子和一堆文件，最后找到一只木头盒子。那盒子很旧了，上面有手刻的“古巴”二字。

“就是这个了。”奥利弗说。

“滚出去！”这时我们听到。

那男人正站在正厅中央，手举一杆双筒猎枪，枪口直指奥利弗的脑袋。奥利弗忙把盒子藏到身后。那男人拉开保险栓，说道：

“一。”

“我们这就走，”我说完，拽着奥利弗的胳膊往外走，“我很抱歉。真的很抱歉。对你妻子的事我也很遗憾，我……”

我得用力拖着奥利弗让他跟上来，就像母亲拖走任性的孩子。

“二。”

我们经过他身边，猎枪的枪口离奥利弗的头不到一米。

“很抱歉。”我又说。

我们现在已经在门口了。我先把奥利弗推出去，这样那人就看不到他拿着的盒子了。

“三。”

我松开奥利弗开始狂奔。我不知道他有没有害怕，但至少他没跑。我们一起爬上车。他把盒子放在座位上，发动马达，我们朝着来时的方向驶去。车子开出去时在水沟里颠了几下，但奥利弗一言不发。过了一会儿，他眼睛还盯着前面的路，对我说：

“打开它。”

“我们应该……”

“打开，胆小鬼！”

我拿起盒子。它那么轻，那么小，很难相信里面会藏有宝藏。盒子上有一把花哨的小钥匙，像首饰盒用的那种。我把它打开。

“有什么？多少钱？多少？”

“你管你开车，”我说，“我看只有些文件。”

我检查盒内的物品时，奥利弗时不时回过头瞥一眼。木盒盖子的内侧刻着一个名字，“伊尔曼”，下面是一张年轻人的照片，在某个车站拍的，他坐在一堆行李上。我心想是谁为他拍的这张照片。盒子里还有几封信，都以他的名字开头：“亲爱的伊尔曼”“伊尔曼吾爱”。另外还有他署名的信，一颗已化为尘埃的薄荷糖和一块“年度最佳诗歌”的塑料奖牌，奖牌上有某个俱乐部的名字。

“有钱没有？”

“只有信。”我说。

奥利弗一把从我手中抢过盒子，扔出窗外。

“你干什么？”我急忙转身，看见那堆东西散落在路上，几张纸片还在空中飞舞。奖牌在地上弹跳了一两下，越滚越远。

“只是信。”他说。

过了一会儿他说：

“你看……我们真应该停在那边的。‘自助烤肉’。看到没？那有什么难的？”

他说着，在座位上不安地摇晃着身躯，似乎真的很后悔。

圣诞老人上门来

圣诞老人在我们家过夜的那晚是我们全家人最后一次团聚在一起；那晚以后，爸爸妈妈倒是不再打架了，但我想这应该不是因为圣诞老人的关系。圣诞节前的几个月，爸爸卖了他的车，因为他失业了；而且，尽管妈妈不赞成，爸爸还是认为今年圣诞家里该有一棵像样的圣诞树，所以他不由分说就买了一棵。圣诞树运来的时候装在又长又扁的纸盒子里，还附带一张说明，教你怎么把三个部分组装到一块儿，怎样安插枝条好让它们看起来自然些。组装完毕之后的圣诞树比爸爸还高，体积巨大，我想就是因为这个原因，圣诞老人今年才会在我们家过夜的吧。我已经许了愿，想要一辆遥控汽车玩具作为今年的圣诞礼物。随便什么车型都行，但这年头所有的男孩都有一辆玩具车，而且如果在操场里和其他孩子玩的时候，在一堆普通车里只有我的那辆玩具车是遥控的，我肯定会大有面子。我把这个圣诞心愿写在信里，爸爸带着我去邮局寄信。他对坐在小窗口后面的工作人员说：

“这封信是我们寄给圣诞老人的。”

窗后面的家伙连招呼也不打一声；可能是因为人太多了吧，他看起来似乎被那么多工作压得累坏了：圣诞节对邮局来说一定是最讨厌的时节。他拿起信看了一下，说：

“没写邮政编码。”

“但这是寄给圣诞老人的呀。”爸爸说，同时对他笑着挤挤眼，想显得亲切些。那家伙又说：“没有邮编就别想寄信。”

“可是您知道，圣诞老人的地址没有邮编啊。”爸爸说。

“没邮编，就没得寄。”那人说着招呼下一个人上前。

于是爸爸探身越过柜台，揪住那人的衣领，这才把信寄掉。

因此那天我一直有些担心，不知道信到底有没有最终寄到圣诞老人那儿，而有没有遥控车，对我能不能打入在学校操场上一起玩的男孩圈子至关重要。

更何况，从两个月前开始，我们什么事情都指望不上妈妈帮忙了，这点我也挺担心的。因为之前所有的事情都是妈妈一手包办，而她总能把一切都打理得井井有条。但有一天她忽然就那么撒手不管了，从此以后再也不管了。爸爸带她去看了几个医生，他们出门看病时我就待在邻居玛塞拉家。但妈妈的情况始终没有好转。我早上起来再也吃不到牛奶谷物早餐了，也不会有干干净净的衣服准备好了给我穿。爸爸送我去哪里都迟到，回头来接我的时候又会迟到一次。每次我问爸爸妈妈怎么了，他就会解释说妈妈没有生病，既不是得了癌症，也不会死。尽管这样的事情确实有可能发生，但他可没这个福气。玛塞拉解释说妈妈只是对什么事情都失去了兴趣，这叫“抑郁症”，会令你对什么都提不起劲儿，而且这种症状会持续好久。妈妈不再出去工作，也不跟她的朋友见面，也不给外婆打电话。从早上到下午，到晚上，她一直穿着睡袍坐在电视机前，不停地切换频道。我负责给妈妈准备吃的。玛塞拉会把做好的食物都存在冰箱里，还标记了每样东西每顿的份额。得把不同的食物混合起来。比如说，不能一次全是土豆饼，下一次又全是蔬菜饼，得按比例混合，这样营养才能均衡。我把食物放在微波炉里解冻，然后堆在一个托盘里，再放上一杯水和一套餐具。我把托盘给妈妈带去时她会说：

“谢谢你，亲爱的。当心别着凉了。”

她说话时眼睛依然盯着电视上的节目，看都不看我一眼。

放学的时候，我在奥古斯都妈妈的手上抓了一下；她可是个美女。这一招很见效，爸爸来接我了，但之后玛塞拉也来了，他们两人看上去对此都不是很高兴，我之后只好孤零零地在墙角的树下等着。不管是谁来接我，他们总要迟到。

玛塞拉跟爸爸成了好朋友，有几个晚上爸爸会到隔壁她的家里通宵打扑克；而当他不在家时我和妈妈就很难入睡；有时妈妈在浴室里撞见我，就会说：

“亲爱的，小心别着凉。”

然后她又回去看电视了。

玛塞拉经常会在下午来我们家。她一来就会为我们烧饭，收信，收拾屋子。我不知道她为什么要做这些，因为我看她其实并不是很乐意。我想应该是爸爸请她来帮忙的吧，作为爸爸的朋友，她大概觉得自己有义务照顾我们。有几次她关了妈妈面前的电视，坐在她对面对她说：

“胡利娅，我们得谈谈，你不能再这样下去了……”

她叫妈妈端正态度，说她再这样下去不是办法，说自己一个人管不了那么多事儿，叫她做出决定，拿出行动来，不然她会毁了自己的生活。但妈妈从不答腔。最后玛塞拉会甩门而去，那天晚上家里就会没东西吃，爸爸只好叫比萨外卖。我很喜欢比萨。

我对奥古斯都讲过妈妈的症状，说她对什么都“失去兴趣”，然后就开始“抑郁”。他听了想来看看那是怎么一回事。我们做了件很差劲的事儿，我有时候想起来还会为之脸红：我们在她面前蹦蹦跳跳了好一会儿，可妈妈连看都不看我们一眼；之后我们用日记本上撕下的纸给她做了个帽子，还换着法儿给她戴；妈妈一整个下午都顶着那顶帽子，但她一动也没动。我在爸爸回来之前把帽子拿掉了。我可以肯定妈妈不会去跟爸爸告状，但不管怎么说我还是觉得很内疚。

之后圣诞节到了。玛塞拉做了烤鸡和一些讨厌的素菜，但因为今晚是特别的，她特地为我准备了炸薯条。爸爸请妈妈离开她那把扶手椅，来跟我们一道吃饭。他小心翼翼地把她带到桌边——玛塞拉准备了红色的桌布，绿色的蜡烛，还拿出了给客人用的盘子——让她坐到桌子的一端，然后爸爸后退了几步，同时还一直盯着她看；我以为这法子会见效，但一等爸爸退到一定距离之外，妈妈就立即站起身来，又回到自己的扶手椅那儿去了。于是我们只好把东西都搬去放到起居室的小桌上，在那里陪着她一起吃饭。电视一如既往地开着，新闻里在播报某处的穷人收到了有钱人送的一大堆礼物和食品，大家现在都很开心。我焦虑不安，频频望向圣诞树，想着我的遥控汽车，因为马上要到十二点了。就在这时，妈妈忽然指了指电视。这简直像是看见某个家具自己动起来了似的。爸爸和玛塞拉相互看了看。电视里在播放圣诞老人坐在一个客厅里，一手搂着一个孩子，让他坐在自己腿上，另一只手则抱着一个女人，长得好像奥古斯都的妈妈。这时那女人正好俯身亲了圣诞老人一口，圣诞老人则看着镜头说：

“下班回家后，我只想和家人在一起。”

接着屏幕上出现了一个咖啡品牌的商标。

妈妈哭了起来。玛塞拉一把拉住我，叫我上楼回自己房间，但我不肯。她又重复了一遍，这次语气中带着不耐烦，像是她平时跟妈妈说话的语气。但今晚什么事儿也别想把我从圣诞树旁拉开。爸爸想关掉电视，妈妈就像个孩子似的跟他扭打起来。这时候门铃响了。我说："是圣诞老人！"

玛塞拉打了我一记耳光，这下爸爸又跟玛塞拉扭打起来，妈妈趁机又打开电视。但这会儿无论哪个频道都没有关于圣诞老人的新闻了。门铃又开始响，爸爸说："这他妈的是哪个混蛋？"

我希望来的不是邮局的人，我怕他们又会打起来，何况爸爸现在正在气头上。

门铃又开始疯狂大作，爸爸只好认输，他走到门口拉开门，看到了圣诞老人。

圣诞老人看起来不像电视上那么胖，而且好像很疲倦，连站都站不住的样子。他不停地一会儿倚着这边的门框，一会儿倚着另一边。

"你要干吗？"爸爸问。

"我是圣诞老人。"圣诞老人说。

"那我就是白雪公主了。"爸爸说着，当着他的面关上门。

这时妈妈站起来奔到门边。她打开门，圣诞老人还站在门边，摇晃着试图稳住身子。她一把抱住了他。爸爸从旁一声怒喝：

“就是这狗崽子吗，胡利娅？”

他一边对妈妈大吼大叫，骂着各种难听的话，一边想把两人扯开。而妈妈正在对着圣诞老人说：“布鲁诺，我不能离开你，没有你我快要活不下去了！”

爸爸想把两人拉开，他打了圣诞老人一拳。圣诞老人向后倒下，摔倒在门口。妈妈发疯一样地尖叫起来。我十分同情圣诞老人的遭遇，更遗憾这一切都耽搁了我的玩具车礼物的到来。但另一方面，我又很高兴看到妈妈再一次行动了。

爸爸对妈妈说，他要把他们两个都杀了，而妈妈则回敬他说，既然爸爸跟他的朋友过得这么惬意，她又为何不能跟圣诞老人做朋友呢？我觉得她说得很有道理。玛塞拉过来领圣诞老人进屋，她帮着妈妈一人一边扶起他。这时爸爸又开始骂人，妈妈又开始尖叫。玛塞拉说着“冷静，拜托，先进去再说”，但没有人理她。圣诞老人伸手摸了摸脖子，我看到他在流血。他朝爸爸啐了一口，爸爸骂了一句：“该死的娘娘腔。”

妈妈对他说：“你他妈才是娘娘腔，婊子养的。”说完她也啐了他一口。她搀着圣诞老人进屋，带他进了自己的房间，锁上门。

爸爸僵在那里，等他好不容易回过神来，才发现我还在那儿，顿时恼火地喝令我赶紧去睡觉。我知道此刻不是争理的时候，只好回到自己的房间，没有礼物，没有圣诞节。我躺在床上，一动不动，听着外面一切渐渐平静下来，望着塑料床头柜上的小鱼图案在对面墙壁上游弋般的投影。我肯定没有遥控汽车礼物了，这点毫无疑问。但我相信明年一定会更好，因为圣诞老人今晚睡在我们家。

储　存

一个星期过去了，一个月过去了，我们依然觉得特雷西塔的到来早于我们的计划。我不得不放弃了一个奖学金项目，因为几个月之内我就会不便旅行了。也许这不关特雷西塔的事儿，也许仅仅只是因为焦虑。我开始不停地吃东西，很快就胖了很多。曼努埃尔帮我把食物拿到扶手椅旁，拿到床上，拿到花园里。所有的菜都堆在托盘里，厨房打扫得整整齐齐，碗柜里塞满了吃的。仿佛是负罪感，或者谁知道该叫它什么，逼迫他不能辜负我对他的期待。但他看起来没精打采的，很不高兴。有几天他回家很晚。他不愿陪陪我，连聊聊这个话题都不愿意。

就这样又过了一个月。妈妈也知道了，她给我们买了好些礼物带过来。我了解她，看得出她有些伤感。她说：

“这是可洗的封闭式尿裤，这是纯棉的套袜……这是连帽子的浴巾。”爸爸一边看着她一边点头。

“啊，我不知道……”我说。我也不知道自己指的是礼物还是小特雷西塔。“我真的不知道。”之后我婆婆送我一套彩色床单组合时，我也这么说。“我不知道。”我说话间都不知道自己在说什么了。我抱着那套床单，哭了好久。

到了第三个月，我感到抑郁更加严重了。我每天早上起床都要照照镜子，愣上好一会儿。我的脸，我的胳膊，我的整个身体，尤其是肚子，都像吹气球似的鼓了起来。有几次我会叫曼努埃尔过来，站在我的身边。他看起来反倒是越来越瘦了。而且，他对我说的话也越来越少。他下班回家就坐在那儿看电视，两手抓着自己的头发。这不是说他不爱我了或者不像以前那样爱我了。我知道曼努埃尔是喜欢我的，我也知道他和我一样，对即将到来的特雷西塔没有任何排斥情绪。只是在她的到来之前，要做的事情实在太多了。

有几次，妈妈要求摸摸我的肚子。我坐在椅子上，她柔声细气地对着小特雷西塔说话。而曼努埃尔的妈妈则每隔一阵子就要打个电话来，问我现在怎么样，我在哪儿，吃了什么，感觉如何，她会把她能想到的每个问题都问上一遍。

我得了失眠症。我整晚整晚地躺在床上睡不着觉。我躺着仰望天花板，双手放在特雷西塔所在之处。我什么别的事情都想不了。我不能理解世界上怎么会发生那么多我至今还觉得不可思议的事儿，比如在这个国家借车到那个国家归还，比如解冻一条死了三十天的鱼，或者是不出门就能还账单，但我们竟不能接受既定结构中出现的一个小小变化。我就是不能接受这个事实。

于是我们决定，把社会公益手册上的指示抛到脑后，寻找替代的解决方案。我咨询了产科医生、江湖医生，甚至请教了一位巫师。有人给我一个助产士的电话，我也做了电话咨询。但他们所提供的各自的解决方案中，没有一个是我们在找的。我就是很难接受特雷西塔那么早就会来到这个世界上的事实。但与此同时，我又不想失去她。最后，我找了威斯曼医生。

威斯曼医生的诊所位于市中心的一栋旧建筑内。他不配秘书，也没有候诊室。他的诊所就只有一个入口处的前厅和里面的两间房间而已。威斯曼医生很和善地邀我们进屋，给我们端来了咖啡。谈话间他对我们的家庭构成特别感兴趣。他详细询问了我们各自的父母的情况，我们的婚姻状况，尤其关注我们每个人跟整个家庭之间的具体联系。我们回答了他的所有问题。之后他交叉手指，将胳膊肘搁在写字台上。威斯曼看起来对我们的背景很满意。他给我们介绍他自己的职业生涯，他的研究成就，并解释他能为我们提供什么。但他似乎凭直觉就能判定，他不需要费力来说服我们，于是我们直接跳到了讲解处方的环节。我每隔一阵子看曼努埃尔一眼，他正专心听着威斯曼讲话，并时不时点点头，看起来十分兴奋。治疗方案包括一系列的饮食、睡眠习惯、呼吸方法的调整，并佐以药物配合。他还得跟我的父母和曼努埃尔的妈妈谈谈；他们的角色也是至关重要的。我把他说的要点一条一条地在笔记本上记录下来。

“这疗程有多保险？”我问。

“我们已经做好一切准备，治疗会顺利进行的。”威斯曼说。

第二天，曼努埃尔没去上班。我们坐在起居室的桌边，身边堆满一张张的纸，开始干活。我们逐条记下，自从我们发现特雷西塔会提前来临之后，情况具体发生了哪些变化。我们给各自的父母做了预约，并给他们解释清楚情况：我们已经下定决心，疗程开始了，如今没什么可讨论的了。爸爸还想问几句，但曼努埃尔打断了他：

“你们得照我们说的做，”他边说边眼巴巴地望着他们，恳求他的同意，“得准时完成所有任务。”

他们看起来都很担心，我想他们大概还没搞明白这到底是怎么回事；但他们同意遵照指示办事，并各自拿着清单回家了。

头十天的疗程结束时，情况似乎有所好转。我每天准时服用三次药，并按照疗程规定的日程表练习“自主呼吸”。“自主呼吸”是这个疗程中最关键的部分，是一种放松和专注于自我的方式，由威斯曼医生发明并传授于我。我躺在花园的草坪上，专注地感受自己与“大地母亲湿润的子宫”之间的联系。开始的时候，我吸气一秒，吐气两秒。随着时间流逝，我开始可以吸气五秒，吐气八秒。练习了几天之后，我的吸气长达十秒，吐气达到二十秒。之后我就开始“自主呼吸”第二阶段的练习，并开始感受体内能量的流动。威斯曼说这个练习花的时间会更长一些，但他同时强调这是在我能力所及的范围之内的，因此我必须坚持不懈地练习。到了某一时刻，我应该能够看到能量如何在我体内流动。感觉会有一点轻微的瘙痒，一般会从双唇和手脚的部位开始有感觉。这时候就可以开始控制能量循环了：先慢慢降低循环频率，而最终的目标是能够逐渐停止能量的流动，令其反向循环流通。

曼努埃尔对我好得不能再好了。他得照我们列出的清单行事，因此，在一个半月之内，他都得离我远远的，只在必要的时候和我说话，有几个晚上还得晚点回家。他严格遵医嘱行事，但是我了解他，我知道他也感觉好一点儿了，更乐观积极了。我知道他有多么想抱住我，告诉我他有多想念我。但我们现在必须严格遵守指令行动：我们不敢冒一丁点儿违背指示的风险。

到了第二个月，我的“自主呼吸”练习大有进步。现在我几乎能感觉到自己可以控制住能量了。威斯曼医生说胜利在望，只需要再稍微努力一把即可。他给我加了药量。我开始注意到，我的焦虑减轻了，吃得也比原来少一些。曼努埃尔的母亲尽全力遵守自己清单上的第一条指示，逐步地——循序渐进是非常重要的，我们在“逐步地”三个字下面画了好几道横线以示强调——逐步地开始减少给我们家打电话的次数，并控制住自己每时每刻都想谈谈特雷西塔的欲望，减少了提起她的次数。

第二个月的变化最为显著。我的身体不再那么胖了，我们又惊又喜地看到我的肚子开始缩小。如此显著的变化令双方父母都有些紧张。可能到这时他们才意识到，或者说是凭直觉猜到，这个治疗到底是怎么回事。尤其是曼努埃尔的妈妈，她似乎最为紧张，尽管她好歹付出很大努力控制住自己遵守清单上的指示，但我能感觉到她的焦虑，且有点担心这会不会影响疗效。

如今我每天晚上睡得好多了，也不再像之前那般忧郁沮丧。我把“自主呼吸”的进展情况告诉威斯曼，他很激动，说我已经快要能够逆转能量的流动了，如今我们离成功只差一步之遥。

到了第三个月，也是疗程中的倒数第二个月，这个月的主要任务将由我们的父母承担。我们焦虑地关注着他们如何实践承诺，还好最后万事顺利，他们都很好地完成了自己的任务，令我十分感动。曼努埃尔的妈妈有一天下午来我们家，说要把她给特雷西塔准备的各色床单带走。她可能对这个小细节考虑已久，还特地问我要了个袋子装行李。“我这样拿，”她说，“用袋子拎。”

她说完就拎着袋子走了，临走前还朝我们挤挤眼。接下来轮到我的父母，他们也来把礼物拿回去了。他们一件件列数：首先是连帽浴衣，然后是纯棉套袜，最后是封闭式可洗尿裤。我把东西全部包好。妈妈要求最后再摸一次我的肚子。我坐在椅子上，她坐在我的身边，声音轻柔地对着肚子说话。她抚摸着我的肚子，说了句："这是我的特雷西塔。我会多想我的特雷西塔啊！"而我什么也没说。但我知道，要不是她的清单上明文禁止，她肯定会哭的。

最后一个月的日子过得飞快。曼努埃尔现在可以跟我亲近一点儿了，他的陪伴使我感觉良好。我们站在镜子前，笑着。现在的感觉和这段经历刚开始时简直是天差地别。不是启程的喜悦，而是停驻此刻的幸福。这仿佛是在我最美好的一年时光里再加上同样的一年时间。这给了我们继续前进的机会。

我现在瘦很多了。这使我行动更为轻便，精神也更加振作。我最后一次去拜访威斯曼医生。

"时机快到了。"他说着，从桌子那边推给我一瓶储存液。瓶子是冰冷的，而且必须保持这个温度，所以我遵守威斯曼之前的指示，带了个保温壶。我必须把这瓶东西放在冰箱里，直到那个时刻到来。我拿起瓶子：里面的液体黏稠而透明，像是一瓶无色的糖浆。

一天早上，在“自主呼吸”的练习过程中，我终于进行到了最后这一步：我正在缓缓地呼吸，用身体感受湿润的大地，感受包裹在其中的能量。我呼吸了一次，一次，又一次。就在这时，一切忽然停止了。我周围的能量似乎可以变成具体的东西，我能够感觉到，在某一时刻，它开始一点一点地朝着相反的方向流动。这是一种纯净的感觉，令我活力焕发，仿佛曾经一度被阻碍的水或空气终于流回到原处。

之后就到了那个日子。我们从威斯曼的诊所回来的那天，曼努埃尔就已经用红笔在冰箱的日历上画了个红圈标出了那个日期。我不知道那一刻具体会在几点发生，所以有些紧张。曼努埃尔留在家里。我斜躺在床上，听到他焦虑不安地来回踱步。我把手放在肚子上。我的腹部如今平平的，就像任何一个女人，我是说，没有怀孕的女人的肚子。相反，威斯曼说过治疗的手段有点激烈。我如今有点贫血，而且反而比怀上特雷西塔之前瘦许多。

我把自己关在房间里，等了整整一个上午，又等了整整一个下午。我不想吃饭，不想出门，不想说话。曼努埃尔时不时会探头进来问我感觉怎么样。我想象着妈妈可能已经急坏了，但是他们知道现在不能打电话给我，也不可以过来看我。

这时，我忽然感到一阵恶心。我的胃像在燃烧，同时又在一阵阵地抽搐，像是要爆炸了似的。我得通知曼努埃尔，但我挣扎了半天也起不了身；我刚才没注意到自己晕得有多厉害。我必须通知曼努埃尔，叫他打电话给威斯曼。我好不容易抬起身，但一下子就滚到了地上，令我跪倒在地。我想着要“自主呼吸”，但我的脑子全被别的事情占据了。我害怕事情不会那么顺利，我害怕我们会失去特雷西塔。可能她也知道发生了什么事儿，可能整件事情已经失控。曼努埃尔走进房间，朝我冲过来。

“我只是想把这事情放一放，以后再说……”我对他说，“我不是想……”

我想告诉他就让我在那儿躺着，别管我，赶快先去通知威斯曼，告诉他出岔子了。但我说不出话来。我的身体控制不住地抽搐。曼努埃尔跪在我身边，拉住我的手，对我说着什么，但我听不见他的话。我感觉我要吐了。我捂住嘴巴。曼努埃尔立即有所反应，他留下我跑进厨房，不到几秒钟又回来了，手里拿着一只消过毒的杯子，和一个上面标记着“威斯曼”的塑料瓶。他扯下绑在瓶子上的封带，把其中的半透明状液体倒进杯子里。我又一次感到呕吐感袭来，但我还不能，还不想吐，还没到时候。又是一阵痉挛恶心，然后又一阵，又一阵，越来越猛烈，令我开始感到呼吸困难。我第一次想到了死。我刚想到这儿，就不能呼吸了。曼努埃尔盯着我不知所措。痉挛忽然停止了，有什么东西塞住了我的喉咙。我一把掩住嘴，拉住曼努埃尔的手。我感到喉咙里堵着什么小东西，只有杏仁般大小。我缓缓地用舌头把它顶出来。我知道该怎么做，但我做不到。这种清晰的感受我在接下来的几年时间里都不会忘记。我看着曼努埃尔：他耐心地等着我，直到我靠近那只杯子。最后，终于，我轻柔地把她吐了出来。

99读书人

SHORT CLASSICS
短经典精选

短经典精选系列

走在蓝色的田野上
〔爱尔兰〕克莱尔·吉根 著 马爱农 译

爱，始于冬季
〔英〕西蒙·范·布伊 著 刘文韵 译

爱情半夜餐
〔法〕米歇尔·图尼埃 著 姚梦颖 译

隐秘的幸福
〔巴西〕克拉丽丝·李斯佩克朵 著 闵雪飞 译

雨后
〔爱尔兰〕威廉·特雷弗 著 管舒宁 译

闯入者
〔日〕安部公房 著 伏怡琳 译

星期天
〔法〕伊莱娜·内米洛夫斯基 著 黄荭 译

二十一个故事
〔英〕格雷厄姆·格林 著 李晨 张颖 译

我们飞
〔瑞士〕彼得·施塔姆 著 苏晓琴 译

时光匆匆老去
〔意〕安东尼奥·塔布齐 著 沈萼梅 译

不中用的狗
〔德〕海因里希·伯尔 著 刁承俊 译

俄罗斯套娃
〔阿根廷〕比奥伊·卡萨雷斯 著 魏然 译

避暑
〔智利〕何塞·多诺索 著 赵德明 译

四先生
〔葡〕贡萨洛·曼努埃尔·塔瓦雷斯 著 金文彭 译

房间里的阿尔及尔女人
〔阿尔及利亚〕阿西娅·吉巴尔 著 黄旭颖 译

拳头

〔意〕彼得罗·格罗西 著 陈英 译

烧船

〔日〕宫本辉 著 信誉 译

吃鸟的女孩

〔阿根廷〕萨曼塔·施维伯林 著 姚云青 译

幻之光

〔日〕宫本辉 著 林青华 译